中华魂

ZHONGHUA HUN

百部爱国故事丛书

死也不当亡国奴

——镜泊抗日英雄陈翰章

隋加平　雷方舟　编著

吉林人民出版社

图书在版编目（CIP）数据

死也不当亡国奴：镜泊抗日英雄陈翰章 / 隋加平，雷方舟编著 .-- 长春：吉林人民出版社，2011.3（2021.8 重印）
（中华魂·百部爱国故事丛书）
ISBN 978-7-206-07522-3

Ⅰ．①死… Ⅱ．①隋… ②雷… Ⅲ．①故事－中国－当代 Ⅳ．① I247.8

中国版本图书馆 CIP 数据核字 (2011) 第 032582 号

死也不当亡国奴
——镜泊抗日英雄陈翰章

SIYEBUDANG WANGGUONU
——JINGPO KANGRI YINGXIONG CHENHANZHANG

编　著:隋加平　雷方舟
责任编辑:郭雪飞　　封面设计:孙浩瀚
制　作:吉林人民出版社图文设计印务中心
吉林人民出版社出版 发行(长春市人民大街7548号　邮政编码:130022)
印　刷:北京一鑫印务有限责任公司
开　本:787mm×1092mm　1/16
印　张:8　　字　数:64千字
标准书号:ISBN 978-7-206-07522-3
版　次:2011年3月第1版　　印　次:2021年8月第2次印刷
定　价:35.00元

总 序

《中华魂》是一套故事丛书。它汇集了我国自鸦片战争以来一百八十余年间的近百位民族英雄、仁人志士、革命领袖、先进模范人物的生动感人事迹，表现了他们作为中华儿女的伟大的爱国主义精神。

爱国主义是人们对于“生于斯、长于斯、衣食于斯”的祖国的一种神圣感情，是人们对于自己民族的一种强烈的责任感和使命感，是感召和激励整个中华民族的一面永不褪色的旗帜。在一百多年的中国近现代史上，爱国主义一直激励着中华儿女为祖国的独立、统一、进步和繁荣而英勇奋斗。从“苟利国家生死以，岂因祸福避趋之”的林则徐，到“我自横刀向天笑，去留肝胆两昆仑”的谭嗣同；从“铁肩担道义，妙手著文章”的李大钊，到“青春换得江山壮，碧血染将天地红”的赵一曼；从“县委书记的好榜样”的焦裕禄，到“问鼎长天，扬我国威”的邓稼先……都表现出了强烈的爱国主义精神。正是由于热爱祖国的人们前仆后继地奋斗，国家和民族才得以生存，才能够在一次次历史危急关头转危为安，走向兴盛和富强，从而屹立于世界民族之林。爱国主义是鼓舞中华儿女历经忧患、跨越沧桑、百折不挠、自强不息的伟大力量，它贯穿于中华民族的整个历史，并有力地凝聚着五洲四海的中国人。

爱国主义是一个历史的范畴，在社会发展的不同阶段、不同时期有不同的具体内容。革命时期，需要我们为祖国的独立自主出生入死；建设时期，需要我们为祖国的繁荣富强增砖添瓦。在全国各族人民团结一心，开启全面建设社会主义现代化国家新征程的今天，我们要争做一名新时期的爱国者。新时期的爱国者要有强烈的民族自尊心、自豪感。民族自尊心、自豪感是任何时期、任何爱国者都必须具备的情感。民族自尊心能增强我们自立向上的恒心，民族自豪感能树立我们建设祖国的信心。要树立"祖国高于一切"的崇高信念，为了祖国和人民的利益不惜抛却个人的利益，甚至不惜牺牲个人的生命。我们要树立终身学习的理念，拓宽自己的知识面，广泛吸收新知识、新技术，完善自身的知识结构，更新学习知识的方法与理念，从思想上、知识上充分武装自己，为祖国的繁荣昌盛贡献力量。

爱国主义思想的继承和发扬，是关系到民族盛衰、国家兴亡的根本问题。爱国主义思想情操的形成，需要不断地培养。培养爱国主义精神的一个重要途径是向英雄人物和典范事迹学习和致敬。这套丛书的出版,对于青少年向英雄和先进人物学习,特别是对于在中小学生中进行爱国主义教育是不可多得的生动的教材。祝愿此书出版发行成功,为培养时代新人做出贡献。

胡维革

中华魂
百部爱国故事丛书

我坚决抗日到底，即使把我全家都杀了，我也决不投降。

死也不当亡国奴。

——陈翰章

目　录

中华魂 百部爱国故事丛书

ZHONGHUA HUN

陈翰章，1913年6月14日出生在吉林省敦化县城西半截河屯一个农民家庭，1940年12月8日为抗击日本侵略者，战死在镜泊湖畔。他在抗日疆场上奋战了九年，他那可歌可泣的英雄事迹将为人们永世传颂。

风华正茂

陈翰章的家乡，是距县城十多里路的一个小山村，十几户人家，和当时全国农村一样，贫穷、落后，人们过着半年糠菜半年粮的生活。翰章自幼头脑聪敏，性格刚毅。他的祖辈和父辈都是目不识丁、老实巴交的庄稼人，吃了不少睁眼瞎的苦头。因此，父母决心供翰章念几年书。1921年，翰章入本村私塾。他深知机会难得，所以日夜攻读，孜孜不倦。翌年，翰章到敦化城南关私塾就读。1925年又转到敦化城内的私立宣化小学读书。他所在的班，由桑志学先生授课和管理。桑先生发现翰章非常聪明，又支持他每天晚上跟一个懂日语的人学日语。仅一年多一点的时间，翰章就能听、会说日语的一般日常用语了。这一点，对他后来的抗日活动起了不小的作用。

1927年春节前，敦化县教育局主持招考私塾教员。桑先生想测验一下他这位得意门生的水平，就让翰章去报名应试。全县有37人报考，36人是成年人，只有翰章不足14岁，而且是尚未毕业的小学生。考试结果，翰章名列第四。放榜那天，人们在街头巷尾议论纷纷，说这是从未有过的奇闻，敦化出了个“小才子”！

不久，他考入敦化县私立敖东中学读书。敖东中学有几位进步教师，陈翰章经常和他们接触，从中懂得了不少革命知识，如反帝反封建、国共合作、北伐

战争、蒋介石叛变革命，等等。他还从几位老师那里得到一些被反动派查禁的新书报。每当夜深人静的时候，他便悄悄地点上灯，聚精会神地阅读那些充满战斗内容的书刊。从此，他的头脑里逐渐增加了新的营养，心胸和眼界越来越开阔了。由于他积极参加学校和社会的政治活动，口才又好，文章写得也很出色，在同学中有较高的威信，因此，当敖东中学学生自治会成立时，他被选为负责人之一、并主编校刊《敖中》。他在《敖中》上发表了许多具有爱国主义思想的文章，逐渐成为这个学校学生运动的带头人。

1928年以来，日本帝国主义加紧对我国东北地区进行侵略和掠夺，攫取了在东北修筑“吉五”“吉会”等五条铁路的特权，激起东北人民的极大愤慨。在中

敦化旧满铁事作场

五卅惨案浮雕

国共产党满洲省委的领导下，东北各地开展了轰轰烈烈的反对日本帝国主义在东北修筑铁路的斗争。敖东中学也开展了反对修筑“五路”的宣传活动。陈翰章带领同学们来到城西乡下，他在群众大会上讲了三年前英、日帝国主义在上海制造的“五卅”惨案，讲了日本帝国主义在东北强修铁路的险恶用心……他带领同学们在农村宣传了四五天才回到学校。这次活动，收到了很好的社会效果，也使陈翰章得到了锻炼。

陈翰章不仅是个品学兼优的好学生，还是个见义勇为的好青年。他曾出面说服范广明同学的父亲，解除了范广明的包办婚姻。在一次全县运动会上，两名朝鲜族同学分别获得长、短跑的第一名，把上届冠军甩在了后面。这个上届冠军仗其有钱有势，竟然无理要求大会取消这两个朝鲜族同学的冠军资格，并扬言要抢回银盾（奖品）。陈翰章见状，巧妙地安排两名朝鲜族同学躲开了，避免了冲突。陈翰章为他人排忧解难的事情还有很多，不胜枚举。

1930年12月，陈翰章以94.20分名列榜首的成绩在敖东中学毕业。这时正是日本帝国主义武装侵略东北的前夜，政治上敏感的人们已经嗅到了战争的火药味，陈翰章当然也意识到了。在毕业典礼上，陈翰章登台讲演，他说："我立志从事教育事业。目的是培养人才，改造国家，使国家独立富强。但帝国主义却不叫我们这样做，想把我们变成他们的附属国！同学们，假如我的理想因为被帝国主义的侵略而打破的话，我将毫不可惜。为了祖国，我一定投笔从戎，用我手中的枪和我的鲜血以至生命，赶走强盗，消灭敌人！"

1931年春，陈翰章被分配到文庙小学当教员。下半年又被调到县立民众教育馆当讲解员。他利用这个有利条件，积极进行反帝反封建的宣传。他还办了一所夜校，利用晚上教人们识字。他的这些活动，受到了人民群众的欢迎，却也遭到官方的反对，要他赶快停止活动。但是，陈翰章毫不畏惧，继续坚持斗争。

1931年9月23日，日本侵略军占领了敦化。这个突然的事变，虽然在陈翰章的意料之中，但是来势之猛、之快，使陈翰章震惊了，而驻敦化的东北军“曲团”竟一枪未放撤到了乡下。陈翰章对这些表示极大地愤慨。

同年冬季的一天，两个日本宪兵来到敖东中学，用刺刀挑烂了中国国旗，砸碎了孙中山先生的像框，然后扬长而去。过了不久，日本特务又把敦化的几位

知名人物“请”去予以拘留，耳闻目睹日寇这些残暴罪行，陈翰章更加义愤填膺。他和一些爱国青年组织了反日会，上街张贴标语、漫画，撒传单，支援救国军攻打敦化城……。陈翰章的爱国行动，引起了日本特务的注意，遂派人对他进行秘密监视。一天，他在黑板上写了“请同胞们看看东北人民的惨剧”的讲演题目。不多时，几个荷枪实弹的日本兵就前来抓人了。由于陈翰章事先得到了消息，这时已经安全转移，回半截河屯去了。

陈翰章塑像

拓展阅读 TUOZHAN YUEDU

陈翰章家乡

1912年6月24日陈翰章出生于敦化城西半截河屯（今翰章村）。据敦化《陈公翰章纪念碑》载“不幸于二十九年十二月七日，烈士以孤军猝遇大敌，于镜泊湖畔激战竟日，身虽负伤，犹复忍痛切齿振臂高呼，杀敌数十名，卒以众寡不敌，英雄悲壮而牺牲矣。距生于民国元年至阵殁时年仅二十有九”。周保中撰写的《陈翰章将军传略》载：“陈翰章将军，吉林省敦化人，一九一二年生在一个贫农家里。”经多年调查访问，其家乡父老都说：“陈翰章是农历五月初十生属鼠”。

民国元年为公元一九一二年，干支顺序为壬子，是鼠年。农历五月初十为公历六月二十四日。

敦化市位于东经127°28′至129°13′、北纬42°42′至44°30′之间；居吉林省东部，属吉林省延边朝鲜族自治州下辖县级市，居延边朝鲜族自治州西部。距吉林省首府长春市直线距离211千米；距延边朝鲜族自治州驻地延吉市直线距离116千米。属长白山脉的东部山区。

敦化市东部、东南部以哈尔巴岭为界与汪清县、龙井市、安图县相邻；东部、东北部以小沟岭为界与黑龙江省相接；南部隔二道松花江与抚松县毗邻；西部以张广才岭为界与桦甸市、蛟河市相连；西北部以张广才岭为界与黑龙江省接壤。国家公路鹤大线—210国道（鹤岗至大连）由黑龙江省鹤岗市、宁安市经由敦化市雁明湖镇的小沟岭及官地、江南等乡镇进入敦化市，再经江源镇、大蒲柴河镇至冬青岭进入吉林省安图县，途径敦化市境内140多公里。国家公路图乌线—302国道（图们至乌兰浩特）由安图县经由大石头镇的哈尔巴岭、大石头镇区、大桥乡进入敦化市，再经江南镇、秋梨沟

拓展阅读
TUOZHAN YUEDU

镇至黄泥河镇进入吉林省蛟河市，途径敦化市八十多千米。

敦化市是长吉图开发开发中心节点城市，独特的地理优势将成为长吉图先导区的重要支持部分。铁路长图线（长春至图们）由蛟河市进入敦化，经由威虎岭、大川、黄泥河、秋梨沟、太平岭、敦化、大桥、大石头、哈尔巴岭等9个站点计程99.5千米，然后进入安图县。另有长珲高速铁路（在建2012年完工）、二道白河至东京城铁路（规划建设中）；201/302国道及G12长珲高速公路穿越敦化境内，另有鹤岗到大连的高速公路（预计2013年完工），几条公路和铁路的建成，将使敦化成为吉林东部重要的节点和交通枢纽。

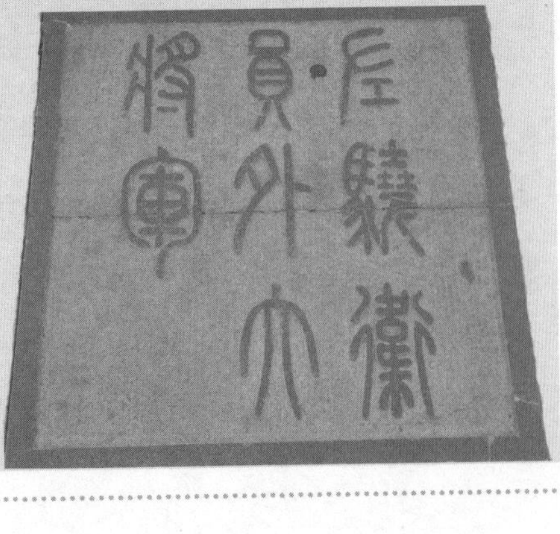

敖东中学

始建于1927年，现名敦化市第一中学。经过历任校长和几代人的不懈努力，一中在省内外都享有很高的声誉。特别是实施办学体制改革，为学校发展又注入了新的生机和活力，使学校真正成为省内外知名学校。

学校办学条件优良，办学功能齐全，占地面积三万余平方米，教学楼、综合楼等建筑面积一万四千余平方米，拥有一流的现代化教学设施和校园网络，10套新老“三室”，图书馆、报告厅、各种活动室等，36个教学班，二千一百余名学生。

学校拥有雄厚的师资力量，现有教师135人，硕士研究生1人，研究生课程进修班11人，高级教师23人，省、州级骨干教师18人，州级名师3人。

敦化一中以悠久历史和丰厚的文化底蕴著称，在半个多世纪的办学过程中逐步形成了优

拓展阅读
TUOZHAN YUEDU

良的传统和“一中精神”。坚持“基以入本，厚德载物”的办学理念和“学会做人、学会求知、学会创新”的育人目标。学生文学季刊《小荷》，综合性橱窗，文化走廊，省青年作协工作站等为学生写作与个性发挥创造了施展才华的园地。多年来考入重点高中的学生数量一直遥居全市榜首。各种学科竞赛成绩突出，数学、物理、化学、英语竞赛均取得优异的成绩。

学校已成为敦化培养人才的基地和摇篮，七十多年来培养了三万余名毕业生，从一中走出去的名人遍布祖国各地。

投笔从戎

陈翰章从不回避自己的过失。自从公布讲演题目出事以后，他认真总结了经验教训，说话、办事情想得比较多了。当然，想得更多的还是怎样去抗日，怎样去实现自己的诺言。

他在家乡，亲眼看到“曲团”在乡下不仅胡作非为，而且还和日本侵略者勾勾搭搭，密谋投降改编成伪军。陈翰章恨透了这些家伙。可是，没曾想“曲团”的几个当官儿的竟找到陈翰章的门上来了，叫他去当文书。他们封官许愿，极尽拉拢之能事。对此，陈翰章断然拒绝。但是，他们哪肯罢休。1932年8月的一天，那几个当官儿的带着酒肉来到翰章家摆宴，企图“征服”这个读书人。翰章被他们堵在屋内，真是无可奈何。他下定决心，“不吃亡国奴的饭，不当亡国奴！”并趁那几个家伙到厨房指手划脚的功夫，敏捷地跳出后窗，钻进树林里溜走了。

这些严酷的事实告诉陈翰章，要想不当亡国奴，只有拿起武器投身到抗日救国的斗争中去，但是到哪

里去呢?

后来，听人说王德林救国军的前方司令部里来了一位参谋长，叫周保中，抗日很坚决。救国军打了几次胜仗都是他指挥的，而且对下层官兵非常好。救国军前方司令部就设在敦化城南太平山屯。于是，陈翰章决定投奔救国军。

1932年6月13日晨，陈翰章对家人说出去一趟，几天回来不一定。便告别了双亲和新婚不久的爱妻，顶着濛濛细雨，由范广明的父亲范子丹（他与救国军前方司令吴义成是老朋友）送他去救国军前方司令部。

陈翰章参加救国军后，开始在前方司令部文书处工作。由于他才思敏捷，抗日热情高，又是好友范子丹送来的，所以吴义成对他倍加赞赏。不久，就提拔他担任了司令部秘书。后来，周保中发现陈翰章是棵好苗子，便有意识地接触他，培养他，对他进行革命教育。在周保中的帮助下，陈翰章进步很快。

日军兵舍

抗联设在长白山中的仓库

1932年10月，救国军联合其他抗日武装，攻打宁安县城，由周保中任总指挥。入伍不到一个月的陈翰章担任战地鼓动队长。10日半夜11点钟，总攻开始。陈翰章率队跟着突击队冲到宁安城外的牡丹江边。这时，江桥已被敌人烧毁，队伍必须涉水过江。十月深秋，夜冷水凉，战士们有些打怵。陈翰章见此情况大声喊道："勇士们，咱们连死都不怕，还怕水凉吗?跟我来，冲过去。"说着，便"扑通"一声跳到江里，昂首挺胸大步向江心涉去。在他的带动下，战士们也跟着跳下江去，冒着枪林弹雨，在刺骨的江水中，奋力涉到对岸。

按照预定计划，突击队要完成炸掉敌人军火仓库的任务。陈翰章率队跟在突击队后边，一边贴标语，一边喊口号，很快接近了军火库。但敌人火力很猛，突击队前进受阻，队长不幸中弹身亡。在这紧急时刻，陈翰章挺身而出，高喊："弟兄们，不要乱，我来代理队长，大家听我指挥!"然后便命令部分队伍从正面攻击，牵制敌人，又派另一部分队伍从侧翼迂回，以投弹引燃的办法，炸掉了敌人军火库，胜利完成了任务。接着，他又指挥突击队掩护大部队向城外撤退。直至天快亮时，他们才最后撤出县城。

日军在“围剿”抗联时，发现抗联战士写在树上的“推翻伪满洲国”的标语。

这次战斗，使陈翰章得到很大锻炼。救国军中的秘密党组织根据他的表现，经王润成等介绍，吸收他加入了中国共产党。不久，陈翰章即成为救国军秘密党组织的基层负责人之一。

1933年冬，党指示周保中等人撤离救国军，要求陈翰章继续留在救国军总部。这时，吴义成并不知道陈翰章已经加入中国共产党，所以仍然把陈翰章看作心腹之人，倍加器重，提升他为总部秘书长。年仅20岁的陈翰章，就是在这种错综复杂的环境中，利用这种微妙的关系为党工作着。

随着斗争的发展，吴义成对抗日越来越消极，不

东北抗日联军在深山密林中建造的密营

断制造与党领导的抗日游击队的磨擦事件。一次，吴义成在绥芬河逮捕了反日会会长和一名游击队员，并密谋收缴游击队的武装。陈翰章得知内情以后，立即找地方党组织和游击队领导进行研究，并做了周密的应变准备；然后，又亲自向吴义成陈明大义，晓以利弊，终于平息了事端，防止了冲突，维护了抗日武装力量的团结。

1934年初，吴义成密派陈翰章赴北平、天津，一方面了解国民党政府对抗日的态度，一方面以抗日的名义进行募捐。陈翰章出发之前，秘密到天桥岭向周

东北密林中的抗日联军。

保中作了请示、然后，带着党的指示，以救国军总部代表的身份奔赴平津。在北平救国会长朱庆澜召集的东北援助问题座谈会上，他慷慨陈词，揭露了日本侵略者给东北人民带来的空前灾难；介绍了东北抗日武装艰苦卓绝的斗争事迹，呼吁关内人民以人力、物力、财力直接支援东北人民的抗日斗争。

同年5月的一天，陈翰章来到天津原救国军总司令王德林的寓所。王德林喜出望外，听完汇报后，马上从一个小柜里掏出一个布包，双手捧到陈翰章面前，感慨地说：“翰章，这是八千块大洋，是全国老百姓勒肚子省下来的。你把它带回去，一定要用到抗日上。”翰章接过布包，激动地说：“总司令放心，东北抗日将士们不会忘记全国民众的深情，不会忘记总司令的一片苦心。”

5月底，陈翰章带着八千块大洋回到宁安，向周保中汇报了进关的活动情况，并通过绥宁反日同盟军办事处将带回的钱分发给各抗日部队。之后，党组织决定陈翰章脱离救国军。直到这时，吴义成才弄清陈翰章的真实身份，

1934年6月，陈翰章调到党领导的宁安工农义务队担任政治指导员。1935年2月，升任东北反日联合军第五军第一师政治部主任，不久，又调任第二师参谋长，率领部队活跃在绥宁广大地区。

陈翰章指挥部队不断打击敌人，使敌人大为恼火。他们用武力征服不了陈翰章，便采取了更加阴险毒辣的手段。1935年秋，日本侵略者逮捕了陈翰章的父亲陈海和妻子邹氏，严刑逼迫陈海把儿子找回来，并许以高官厚禄。还威胁说："不找回你儿子，就别想活着出去。"陈海无奈，只好带着儿媳，跋山涉水，不知走了多少天，才在宁安的陡沟子附近找到了陈翰章。

这时，陈翰章离家已经三年多，父亲和妻子的突然到来，让他非常高兴。同时，他也十分清楚，父亲远道而来，必有因由。当他听完父亲的述说以后，感到无比愤慨。

翰章是孝子，一般的事都顺着父亲，但这次却例外了。他态度坚决地对父亲说："自古忠孝难两全，请

抗联在密营的木桶

陈翰章父亲陈海

日军空袭南京，中国守军用高射机枪还击。

父亲允许儿子抗日救国。”要抗日就会有牺牲，为了不连累妻子，他劝妻子择人另嫁。最后，他说：“我决心抗日到底。为了抗日，就是全家人都被日本人杀了，我也决不回去，坚决不当亡国奴！”他知道，这样做会使家人和亲友受到株连，于是再三告诉父亲，回去就说没找到儿子，要设法对付敌人，千万不要上敌人的圈套。使敌人的劝降阴谋彻底破产。

周保中

周保中（1902年—1964年），中国无产阶级军事家、杰出的抗日民族英雄、优秀的共产主义战士。原名奚李元，号绍璜，云南大理人。白族。1902年2月7日出生于云南省大理县湾桥村。

从1932年1月到1946年的14年中，周保中作为东北抗联的著名军事指挥者和卓越领导人之一，沉重打击日本侵略者的嚣张气焰。在14年的抗日斗争中，周保中历任满洲省委委员、军委书记，绥宁反日同盟军军长、党委书记，抗联第二路军总指挥，吉东省委书记、东北抗联教导旅旅长，中共东北委员会委员、书记，东北人民自卫军总司令。

拓展阅读
TUOZHAN YUEDU

王润成

王润成，又名马英，汉族，1910年8月生于黑龙江省宁安县的一个地主家庭。

1930年10月，王润成在宁安师范学校念书时，经邱文华、胡成梁介绍加入中国共产党。不久即任中共宁安县城支部书记。1932年春，受中共满洲省委吉东局派遣到王德林救国军工作。救国军溃散后，王润生受中共东满特委的指派，担任延（吉）、和（龙）、汪（清）、珲（春）四县游击队绥芬办事处主任。1933年9月，汪清、珲春两县游击队联合吴义成部抗日军攻打东宁县城失利，吴义成企图制造分裂，密谋收缴东满各县党领导的抗日游击队的武器，还在绥芬河逮捕了反日会会长崔振和等人。王润生和陈翰章根据党的指示，亲自出面，以诚恳的态度向吴义成申明大义，终于说服吴义成改变了态度，使事态得以平息，在抗日队伍内部避免了一场即将发生的武装冲突。

1933年，王润成调任中共汪清县委宣传部长。当时，东满各地正地开展“反民生团斗争”，斗争出现扩大化趋势。王润成对此持有不同意见。汪清县的义勇军小队（即以前的少年先锋队）一共三十多人，都是十六七的小孩子，也被怀疑为“民生团”。为了解救这些年轻人，王润生向县委建议。将这些小队员送周保中处，让周保中对他们边训练、边考察，然后再行处理。县委同意了他的意见。这些年轻人被送到周保中处，实际是保护起来、他们之中的大多数都成了抗日联军第二军的骨干。

1935年，东北人民革命军第二军成立，下设四个团，王润成担任第四团政委。1936年，东北人民革命军第二军在安图县召开领导干部会议，会议决定，将东北人民革命军改编为东北抗日联军第二军，下辖三个师，王润生被任命为第二师政委。

1936年，王润生肩负与中共驻共产国际代表团进行联络和护送老弱病残人员（包括一部

拓展阅读
TUOZHAN YUEDU

分去苏联学习的学生）去苏联的重任，数次越境入苏，每次都克服了难以想象的困难。

1938年，王润成被苏联内务部突然逮捕，被怀疑私自带人过境。王润成被判刑八年，流放劳动。1946年刑满释放，但不准离开当地，仍在原地做工，直到1954年才获准归国。

回国后，王润成一直使用马英这个名字。马英的问题由北京市委审查，经周保中证明，是苏联内务部的误会造成的，无任何问题。在监狱中对革命未失去信心，出狱后仍忠心耿耿。因此，北京市委决定恢复马英的党籍，党龄仍从1930年算起。1958年，马英调舒兰矿务局副局长，行政级别12级。

鞠躬尽瘁，死而后已。马英长期带病坚持工作。1965年10月，马英住进医院。住院期间，仍念念不忘党委工作，关心局里的每一件事情，使医生、护士深受感动。由于病情恶化，马英住院不到十天，便与世长辞，享年55岁。

朱庆澜

拓展阅读 TUOZHAN YUEDU

朱庆澜

朱庆澜，字子桥，生于1874年，浙江绍兴人，清末时任陆军第十七镇统制（相当于现在师长）驻节四川，与革命党人交往甚密，辛亥革命爆发后率部反正，被举为四川省副都督。民国成立后，他曾先后出任黑龙江代理都督，继又任广东省省长，在任期间他以生活简朴、平易近人见称。1917年他以省长之名义打电报欢迎孙中山来粤主持大计，并主动把自己管辖的二十个营兵力移交国民政府以资卫戍。后来他遵照孙中山的指示和汪精卫、胡汉民同时跟广东省都督陈炳焜谈判，促成建立了粤军。这支军队在以后的“护法运动”和“北伐战争”及抗战中都起到了极大的作用。因在淞沪抗战前后，朱庆澜援助和掩护过在沪秘密活动的朝鲜抗日人士，时任韩国总统的朴正熙于1968年颁发给他两枚建国勋章和一份奖状，这些物品在1984年由海外经香港带给他在我国内地的后人。

1930年，朱庆澜以华北慈善联合会会长的身份到陕西赈灾。他见此地四野无物，饿殍载道，始建于公元前二世纪周秦时期的法门寺也一片荒墟，塔寺凋残。睹此景他萌发了重修法门寺愿望，到了天津后，他在《大公报》《益世报》详细介绍陕甘地区灾情严重，并提出“三元钱救一命”的口号，同时他也向海内外佛众募捐修法门寺资金。一次，有朋友对朱庆澜说：溥仪对西北灾情也较关心，并建议朱庆澜向溥仪劝募。朱庆澜说：“如果要我对他行跪拜礼，我是不去的。”后经通融，与溥仪以常礼相见，溥仪言道：“你提出的三元钱救一命的口号，很感动人，我现在得不到政府的补助，手中没有多少钱，救一千条命就是了。”几天后，溥仪派人送赈款三千大洋。

1939年朱庆澜主持重修法门寺，法门寺地宫内珍宝盈室，五彩夺目，尤以佛骨舍利名震四方。施工中发现了一块用石板盖的地宫口，

拓展阅读
TUOZHAN YUEDU

朱庆澜命令立即把盖原样放好，并严诫在场人员：目前正是国难当头，地宫中的宝物万不能取，我们是为了修塔，不是为了盗宝。

1941年元旦后，朱庆澜将军自感身体不适，休养了几天，为朋友书写了几幅墨迹，还为子女写了四扇屏。一日，早起如厕，净手毕，盘腿静坐于炕上，不久溘然长逝，后安葬在西安南郊长安县杜风乡东韦村。

五卅惨案

五卅惨案（也称为五卅血案）因发生于1925年5月30日而得名，是反帝爱国运动五卅运动的导火线。5月30日，上海学生两千余人在租界内散发传单，发表演说，抗议日本纱厂资本家镇压工人大罢工、打死工人顾正红，声援工人，并号召收回租界，被英国巡捕逮捕一百余人。下午万余群众聚集在英租界南京路老闸巡捕房门首，要求释放被捕学生，高呼“打倒帝国主义”等口号。英国巡捕竟开枪射击，当场打死十三人，重伤数十人，逮捕一百五十余人，造成震惊中外的五卅惨案。

五卅惨案遗址

拓展阅读
TUOZHAN YUEDU

延边抗日名将——王德林

王德林（1875–1938），原名王林，山东省沂水县徐家洼子村人。1917年11月，他率队投奔吉林军，被委任为吉林军第一旅第三营营长，并更名为王德林。

1933年1月，救国军余部继续奋战在吉、黑交界一带。同年5月，王德林等被迫撤入苏联境内，后转道波兰、德国、意大利回国，活动于广州、南京、上海等地。在上海王德林募集8 000块大洋交给陈翰章，嘱咐一定把钱用于东北的抗日斗争上。

七七事变后，王德林将军带病率旧部奔波于江淮、豫鲁等地，招募立志抗日的爱国青年，自筹枪马弹药，组建民众抗日武装。后因旧病复发，回原籍沂水疗养，于1938年与世长辞。

浴血奋战

1936年初，陈翰章调到东北抗日联军第二军担任第二师（7月改为第五师）参谋长、代师长。陈翰章来到第二军后，带领第二师与抗联第五军紧密配合，继续活动于绥宁地区，取得了一系列军事胜利。在这期间，陈翰章率第四、六团与第五军一部组成中东路活动队，于3月，在宁安县团山子与伪军战斗，毙伤敌人四十余名。接着，又在苇子沟歼敌四十余名。5月，在镜泊湖南部与日军佐藤部队激战，击毙佐藤留次郎以下十余名官兵。同月，在宁安县烟筒沟袭击伪警察队31人，将其全歼，缴获轻机枪1挺、步枪28支。后

来，又在影壁位子、碾子沟等地多次伏击日伪军。日本侵略者惊恐地称陈翰章的部队是活动“最为显著”的“有力之匪”。

为了消灭陈翰章领导的抗联队伍，敌人又玩弄了新的政治阴谋。这年夏天，驻宁安的日本宪兵队扬言，日本人要会见

陈翰章，有要事商谈。经第五军军部批准，陈翰章在唐头沟东山接见了日本政治浪人雄谷太郎。这位不速之客，西装革履，道貌岸然，见到陈翰章，先是恭维、客套一番，然后便开始贩卖他的殖民主义“理论”，要求抗日联军与日军合作；如果不愿合作，可以把抗联转移到三江地区，保存实力，以待时机。

陈翰章听完哈哈大笑，他义正词严地揭露了日本侵略者的险恶用心。他说：“你们企图把抗联部队诱到三江地区聚而歼之，绝对办不到！中国人民必将战胜日本侵略者。”最后，他警告雄谷：不要做日本军国主义的鹰犬。这次先宽恕你，下次再来格杀勿论。吓得雄谷连连称是，狼狈逃下山去。

1936年9月，中共道南特委正式建立，陈翰章当选为特委委员。这时，活动在宁安一带的抗联第五军军部开始向中东铁路以北转移，第二军第五师与第五军留守部队继续坚持中东铁路东段以南老游击区的斗争。

1937年初，陈翰章当选为第五军党委委员。5月，正式担任第二军第五师师长。不久，陈翰章率部越过

中东铁路，在道北的五虎林一带开展游击活动，曾袭击碾子沟金矿和小金山金矿，活捉了日本矿长，摧毁了矿山的重要设施。6月以后，陈翰章又带领第五师第四、六团重新返回宁安地区，并挺进到汪清、珲春、东宁等地广泛开展游击斗争。

1938年5月，陈翰章带领一百多名战士，利用宁安县陡沟子屯群众到山里拉木柴的大车作掩护，一举攻进陡沟子车站和集团部落，缴获了铁路警护队和自卫团的全部枪械。次日，又在横道河子南边沟口，消

灭了跟踪追击的日军“讨伐”队。

1938年7月，在中共吉东省委的领导下，陈翰章率领第二军第五师与抗联第四军、第五军等部开始进行西征。他率部由牡丹江地区南下，直捣正在修建的镜泊湖水力发电站。镜泊湖地处长图，滨绥、图佳铁路的三角地带，军事地位十分重要。因此，日本侵占东北后，遂在这里修建一些以军事工程为重点的战略性设施。如学园兵营、木业所、国防公路和水电站等等。镜泊湖水电站就是其中的重点项目。7月初，陈翰

章带领部队来到镜泊湖北湖头，突然袭击了守卫水电站工地的日军守备队，焚烧了工程事务所，解放了大批中国劳工。致使日本侵略者苦心经营数年的水电站，仅开工半年，就遭到严重破坏，被迫停工。

接着，陈翰章又率领第五师破坏了宁（安）敦（化）、图（们）宁（安）两段公路，使敌交通运输一度中断。7月下旬，第五师进入额穆县境，拟继续向西挺进。由于前进受阻，便留在额穆、敦化地区开展游击战争，曾在刘家堡、半截山、二龙山、大川等地多次重创日伪军。敌人对陈翰章恨之入骨，遂以五千元重金悬赏缉拿陈翰章，然而，敌人的任何企图都只能是徒劳的。陈翰章率部在宁安、敦化、额穆之间展开了更猛烈的战斗。8月末，粉碎了六百余名敌军对宁安

陈翰章

县横道河子的进攻，毙伤敌二百余名。先后攻克了额穆县大沟伪警察分所、软化县沙河沿，孙家船口等“集团部落”，获得大批粮食。1939年初春，在石头河子与日伪军“讨伐队”发生遭遇战，击毙日军指挥官牛岛大佐及下属31名，缴获很多枪支弹药。

1939年7月，第二军第四、五师合编组成抗联第一路军第三方面军，陈翰章担任方面军指挥。8月，魏拯民和陈翰章决定率第三方面军、第二方面军第九团、第五军陶净非部攻打安图县大沙河，实行围城打援。

大沙河地处安图县城和明月沟镇中间，是个交通枢纽，敌人很重视这个地方，防卫严密，守敌除伪警察以外，还有自卫团。攻打大沙河，既可消灭驻防的敌人，又可以消灭从安图县城和明月沟镇出来增援的敌人。

8月23日晚，部队兵分三路进入阵地。陈翰章亲自带领一百余人，担任正面主攻；魏拯民率一部在大沙河以北阻击来自明月沟方面的敌人援兵；副指挥侯国忠率一部在大沙河南面阻击从安图县城出来增援的

敌人。

大沙河街里没有水井，敌人每天早晨要打开城门，让老百姓出来挑水。根据这个情况，陈翰章命令第二方面军第九团马团长组织一支精悍的手枪突击队，利用老百姓出来挑水的时机，扮成挑水人夺取城门。

24日早晨，太阳刚出山，城门就打开了。但出来的不是挑水的老百姓，而是出来散步的大沙河满拓株式会社的朝鲜族大夫。他走着走着，突然掉头就往回跑，边跑边喊："匪军来了"！马团长立即率领战士们

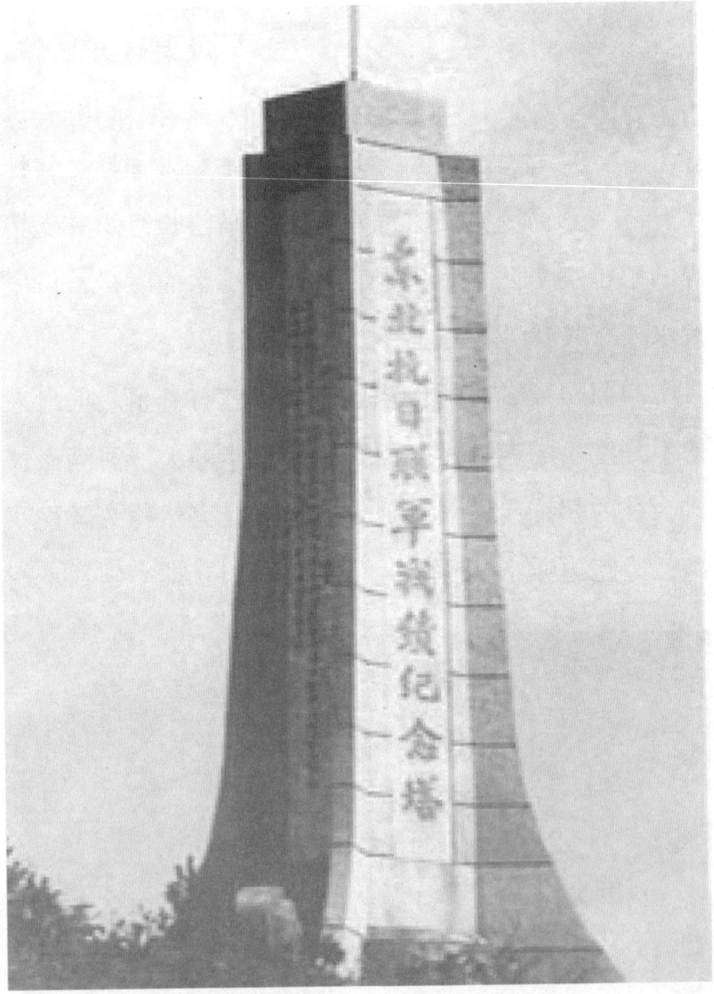
东北抗日联军将领纪念塔

追上去，把那个家伙和守门伪军击毙，夺取了城门。与此同时，陈翰章也指挥部队攻进城去，直奔伪警察署。伪警察署炮楼的火力很猛，部队进攻受阻。决死队冒着枪林弹雨，迂回前进，终于接近了炮楼，从抢眼塞进了集束手榴弹，一声巨响之后，敌人的机枪哑巴了。战士们冲进了伪警察署，打死了日本警长，解除了伪警察和自卫团的武装，占领了大沙河。

从安图出来增援的敌人，遭到侯国忠部队的奋力阻击。在激战中，侯国忠不幸中弹牺牲。

27日，前往大沙河救援的日军官本“讨伐队”遭到魏拯民部的伏击，全部被歼。

大沙河战斗，历时4天，共打死、打伤和俘虏日伪军五百多人，缴获轻机枪7挺，步枪三百余支，还有大批军用物资。

中国共产党领导下的抗日民主根据地各处纷纷成立儿童团，参加者为15岁以下的少年儿童。图为神情贯注的小哨兵。

大沙河战斗以后，陈翰章率第三方面军向敦化县寒葱岭方向转移。9月24日，部队得到情报：日军松岛“讨伐队”于25日从敦化开往大蒲柴河，进行秋季大“讨伐”。陈翰章果断地决定：截击松岛部队。

9月24日夜，陈翰章率队来到寒葱岭南坡，把五百多将士、50挺机枪，部署在公路两侧的树林中，伏击线长达四五里路。

第二天上午，当敌人的12辆汽车全部进入伏击圈

抗联战士

时，陈翰章打响了指挥枪。霎时，手榴弹、子弹雨点般池落在了敌人的汽车上。经过一个多小时激战，除第一辆汽车逃脱以外，其余全部被击毁，全歼日军少将部队长松岛以下1百余名，松岛被击毙。缴获轻，重机枪6挺，小炮1门，长短枪150多支，子弹70余箱，还有一批大米、白面和军装等物资。

同年11月初，天气已经冷了，可第三方面军的冬装尚无着落。这时，他们得知驻守额穆的日军守备队和大部分伪警察进山“讨伐”未归。只有伪警察署副署长大道重次郎带领少数兵力守城。敌人的冬装已到，全部放在仓库里。陈翰章当即决定，趁其城内空虚，进攻额穆县城，缴获冬装，顺便除掉作恶多端的大道重次郎。

11月5日午夜，陈翰章指挥部队摸到了额穆东门。会日语的战士上前用日语与日军岗哨纠缠。两名战士乘机翻墙进去，搞掉了岗哨，打开大门，部队立刻冲向伪警察署，值班的伪警察乖乖地当了俘虏，在下屋打麻将的伪自卫团员也被活捉，正在睡觉的大道重次

一户张贴抗战到底对联的大门

侵华日军在敦化北山脚下建立的气象站。

郎被惊醒后刚欲逃跑，即被抗联战士开枪击毙。陈翰章带领战士们打开仓库，获得棉军装、布疋、棉花和饼干等物资，并焚烧了伪警察署，

1940年2月8日（正月初一），陈翰章的部队在敦化县官地柳木桥子屯群众的帮助下，在官地东悬羊砬子过了一个丰盛的春节。同时，他们有意把这个消息透露给官地伪警察署，以便引诱敌人“讨伐队”出动。

2月12日，一个中队的日军“讨伐队”从敦化出发，到柳木桥子找到向导，便直奔悬羊砬子去了。这时，陈翰章带领部队已经在悬羊砬子南面的杨木桥子沟里的山坡上设好了埋伏，只等日军“讨伐队”前来送死。这天上午，日军“讨伐队”走进了抗联的伏击圈。经过三个多小时的战斗，一百二十多名日军，除在后边押运给养的四人逃跑外，全部被歼灭。

同年3月9日夜，陈翰章率队来到敦化黄泥河西南10里的五人班屯，抓住了正在赌钱的姚警尉补。从他嘴里得知黄泥河伪警察署仓库存有进山“讨伐”用的大量给养。于是，他决定夺取这批给养。他们押着姚警尉补来到黄泥河，命令姚叫开伪警察署大门，一举攻占了伪警察署。战士们砸开仓库，得到大量给养。待敌人调兵进山“追剿”时，抗联部队已经无影无踪了。

东北抗日联军

东北抗日联军共有11个军，人数最多时有四万多人，其中，第一、二、三、六、七等军是在反日游击队(共产党领导)的基础上建立的；第四、五两军是在王德林的救国军、李杜的抗日自卫军余部的基础上建立的；第八、九、十、十一军是在义勇军余部和抗日山林队的基础上建立的。

1936年7月，东北抗日联军第一军由原东北人民革命军第一军改编成立，杨靖宇任军长兼政委，宋铁岩任政治部主任。下辖3个师1个教导团。

1936年3月，东北抗日联军第二军由原东北人民革命军第二军改编成立，王德泰任军长，魏拯民任政治委员，李学忠任政治部主任。下辖3个师1个教导团。

1936年7月末，东北抗日联军第一路军成立，由原东北抗日联军第一、二军编成。杨靖

拓展阅读
TUOZHAN YUEDU

宇任总司令兼政委，王德泰任副总司令，魏拯民任政治部主任。

1936年3月，东北抗日联军第四军由原东北抗日同盟第四军改编成立，李延禄任军长，黄玉清任政治部主任。下辖4个师3个游击团。

1936年2月，东北抗日联军第五军由原东北反日联合军第五军改编成立，周保中任军长，柴世荣任副军长，胡仁任政治部主任。下辖3个师。

1936年11月，东北抗日联军第七军由原东北人民革命军第四军第四团改编成立，陈荣久任军长，崔石泉任参谋长。下辖3个师。

1936年9月，东北抗日联军第八军由原东北民众救国军改编成立，谢文东(后叛变)任军长，滕松柏(后叛变)任副军长，刘曙华任政治部主任。下辖6个师。

1936年冬，东北抗日联军第十军由原东北人民革命军第八军改编成立，汪雅臣任军长，张忠喜任副军长，王维宇任政治部主任。下辖

10个团。

1937年10月，东北抗日联军第二路军成立，由东北抗日联军第四、第五、第七、第八、第十路军编成。周保中任总指挥，赵尚志任副总指挥(1940年2月任)，崔石泉任参谋长。

1936年1月，东北抗日联军第三军由原东北人民革命军第三军改编成立，赵尚志任军长，张寿篯任政治部主任。下辖10个师。

1936年9月，东北抗日联军第六军由原东北人民革命军第六军改编成立，夏云杰任军长，张寿篯任政治部主任(代)。下辖4个师。

1937年1月，东北抗日联军第九军由原自卫军吉林混成旅第二支队改编成立，李华堂(后叛变)任军长。下辖3个师。

1937年10月，东北抗日联军第十一军由原东北山林义勇军改编成立，祁致中任军长，金正国任政治部主任。下辖1个师。

1939年5月，东北抗日联军第三路军成立，由原东北抗日联军第三、第六、第九、第十一

拓展阅读
TUOZHAN YUEDU

路军编成。张寿篯任总指挥，冯仲云(1940年4月任)任政治委员，许亨植任总参谋长。

1942年8月，东北抗日联军教导旅由原东北抗日联军第一路、第二路、第三路军组成。周保中任旅长，张寿篯任政治副旅长，崔石泉任副参谋长。下辖4个教导营。

1936年2月至1937年12月是东北抗日联军组成，东北游击战争的新高潮期。

1938年1月至1939年1月是东北抗日联军配合全国抗战，坚持艰苦的抗日游击战争时期。

1939年1月至1940年是东北抗日联军陷入敌人重重包围的极端苦斗时期。

1941年至1945年是东北抗日联军开展小型游击战和转入苏联整训时期。

东北抗日联军成立之后，强有力地打击了日本侵略者，动摇了侵略者的大后方，日本侵略者不得不调集大批部队一次又一次进行疯狂地“讨伐”，实施“三年治安肃正计划”；加之抗日联军与上级党组织失去了联系，地方党组织遭到毁灭性破坏，山上密营损失殆尽，粮食、药品、盐等给养完全断绝，许多优秀的指战员壮烈牺牲，部队损失惨重。从1939年到1940年，东北抗日联军的游击战争转入极端艰苦的斗争阶段。但是东北抗日联军的意志没有被打垮，抗联部队缩编，开展小型游击战争，保存了一部分精华和骨干力量，进入苏联境内整训。在苏联整训期间不断派小部队深入中国抗联游击区进行游击战，直到1945年8月，他们配合苏军重新进入东北，在解放东北的斗争中起到了重要作用。

中共中央对东北抗日联军的艰苦斗争给予了很高的评价，1938年11月，中国共产党扩大的六届六中全会给东北同胞的电文中称赞东北抗日军队是:“在冰天雪地与敌周旋7年多的不怕困苦艰难奋斗之模范。”

1948年1月1日，中共中央东北局曾专门做出决定，表彰东北抗日联军的历史功绩，称赞东北抗日联军的英勇斗争“是中国共产党光荣

拓展阅读
TUOZHAN YUEDU

历史不可分割的一部分”。1949年5月，中共中央给东北局的电文中再次指出抗联斗争是光荣的，称“此种光荣历史应受到党的承认和尊重。”

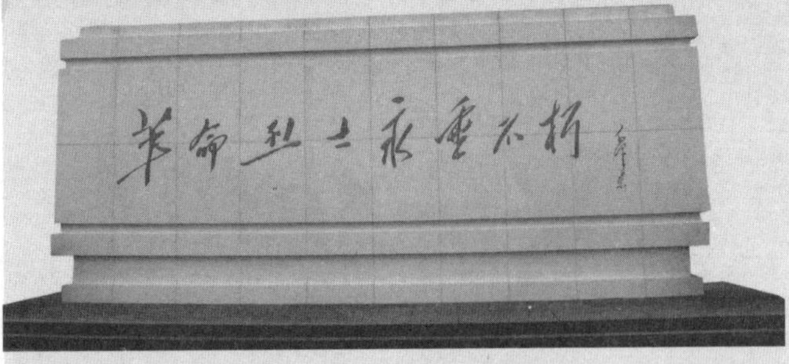

大沙河战斗

1939年8月下旬，东北抗日联军第一路军第三方面军准备攻打安图县城（今吉林安图松江镇）。因叛徒告密，安图守军有所准备。第一路军副总司令魏拯民与第三方面军指挥陈翰章决定改为进攻大沙河，对外仍佯称进攻安图。23日晨，第三方面军由安图县汉阳沟出发，分兵两路：以第十三团大部、第十四团共三百余人，进至大沙河以北，准备进攻大沙河；以第十五团、警卫旅第三团和第十三团一部，共三百余人，在柳树屯以东地域设伏，伏击由明月沟增援大沙河的日伪军。24日晨，攻击部队向大沙河发起进攻，全歼守军。与此同时，攻击部队抽出部分兵力，在距大沙河约1千米的南岗，阻击了由安图县城增援的日伪军。午夜，日军宫本“讨伐”队由明月沟开入安图县城。伏击部队判定该“讨伐”队近日必将返回，遂于25日拂晓，进至柳树屯东南道路两侧设伏。

拓展阅读 TUOZHAN YUEDU

13时许，当宫本“讨伐”队百余人乘5辆汽车驶入伏击地域时，预伏部队突然发起攻击，予以全歼。大沙河与柳树屯战斗，共毙伤日伪军三百余人，缴获轻机枪7挺、步枪一百五十余支。

宁 安

宁安，隶属于黑龙江省，现为县级市。是一座古老、美丽、富饶的城市。美丽的镜泊湖如一颗璀璨的明珠，镶嵌在宁安的版图上。宁安是一座积淀厚重历史文化底蕴的古城。国家级重点文物保护单位、唐代渤海国上京龙泉府遗址，是当今世界保存最完好的中世纪都城遗址；妙境迭出的世界第二大高山堰塞湖—镜泊湖，堪称“塞北一绝”；鬼斧神工的国家级森林公园—火山口地下森林，苍松古椴，碧冠如云；神奇莫测的火山熔岩洞，令人叹为观止；具有满族民族特色的渤海风情园，令游人流连忘返，梦绕魂牵。

拓展阅读 TUOZHAN YUEDU

镜 泊 湖

镜泊湖是中国最大、世界第二大高山堰塞湖，著名旅游、避暑和疗养胜地，国家级重点风景名胜区，国际生态旅游度假避暑胜地，世界地质公园。距离牡丹江市区仅百余千米。“镜泊”意为“清平如镜”。红罗女的传说为这里的山水倍添灵性，许多伟人的行踪墨宝也给名湖增色不少。镜泊湖蜿蜒曲折，湖中大小岛屿星罗棋布，而最著名的湖中八大景，犹如八颗光彩照人的明珠镶嵌在这条在万绿丛中的缎带上。镜泊湖原始天然，风韵奇秀，山重水复，

曲径通幽，可谓春华含笑，夏水有情，秋叶似火，冬雪恬静，万种风情四季分明让人久久难忘，无限眷恋。

镜泊湖状似蝴蝶，其西北、东南两翼逐渐翘起，湖中大小岛屿星罗棋布，湖主体呈NE～SW向带状延长，局部受次级构造影响有NW～SE向分支，在平面上呈“三”字型，最宽处4.85千米，最窄0.55千米，在350米高程水位时(平均水位)湖岸线长198千米，湖面面积91.5平方千米，湖泊容积11.8亿立方米。

41千米，平均宽2.33千米，最宽处9千米；湖盆形态由南向北逐渐加深、底质为南部多为腐泥，北部多为砂岩，并有少量的砂、淤泥沉积；湖周围尚有三十余米入湖山间河流，较大者有大夹吉河、松乙河。

风光秀丽的镜泊湖宛如一颗璀璨夺目的明珠镶嵌在祖国北疆上，它以独特的朴素无华的自然美闻名于世，吸引越来越多的国内外游人。

镜泊湖是中国最大的典型熔岩堰塞湖。国

拓展阅读
TUOZHAN YUEDU

家级重点风景名胜区，著名旅游、避暑和疗养胜地。位于黑龙江省东南部，距牡丹江市区110千米的群山中（宁安市城西南）。湖区周围有火山群、熔岩台地等。湖面南北长45千米,东西最宽处仅6千米。面积95平方千米湖深南部仅几米，北部一般可达40米～50米，鹿圈脖附近最深达62米。湖面平均海拔350米。镜泊湖为新生代第三纪中期所形成的断陷谷地。第四纪晚期（大约一万年前），湖盆北部发生断裂，断块陷落部分奠定了今日湖盆基础。同时在今镜泊湖电站大坝附近和沿石头甸子河断裂谷又有玄武岩溢出，熔岩流与来自西北部火山群喷发物和熔岩汇集，在“吊水楼”附近形成一道玄武岩堤坝，堵塞了牡丹江及其支流，形成镜泊湖。这样形成的湖泊，称为堰塞湖。湖区有由离堆山及山岬形成的一些小岛。湖北端湖水从熔岩堤坝上下跌,形成25米高，40米宽的吊水楼瀑布；瀑布下的深潭达数十米，与镜泊湖合为镜泊湖风景区。

镜泊湖，历史上称阿卜湖，又称阿卜隆湖，后改称呼尔金海，唐玄宗开元元年（公元713年）称忽汗海，明志始呼镜泊湖，清朝称为毕尔腾湖。今仍通称镜泊湖，意为清平如镜。镜泊湖位于黑龙江省东南部张广才岭与老爷岭之间，即宁安市西南50千米处，距牡丹江市区110千米，它是大约一万年前形成的。

足智多谋

陈翰章指挥作战不仅勇猛顽强，而且机动灵活，足智多谋。尤其在敌强我弱的情况下，他善于与敌人斗“智”，往往收到出奇制胜的效果。

从敦化的牡丹岭到宁安的镜泊湖，是陈翰章率领部队经常活动的地区，尽管日军多次用重兵“讨伐”，

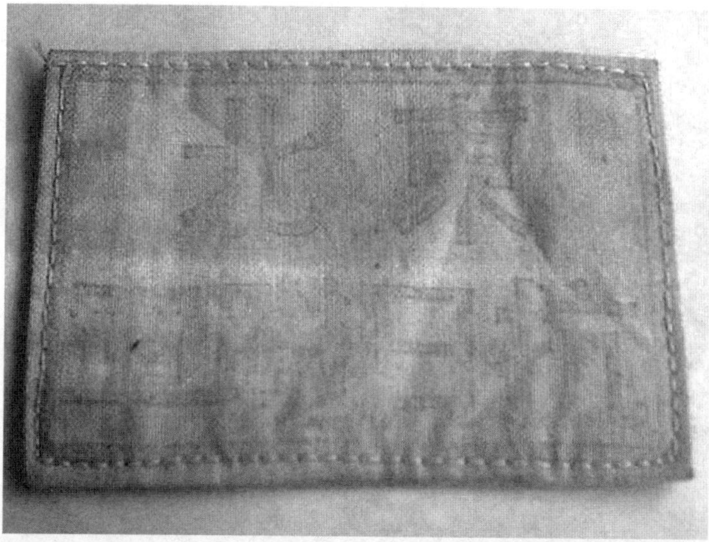

但总是疲于奔命，“收效”甚微。后来，日军把所谓“能攻善战”的伪军骑兵第十一团调到官地、大山咀子一带，充当“拦路虎”，掐断抗联活动的咽喉要道，这样一来，不仅抗联活动受到限制，在四道沟的抗联密营也受到威胁。

在这种情况下，陈翰章一边率队集中力量打击日军，一边通过地方党组织做争取伪十一团的工作。结果不到半年就收到了成效。驻塔拉站的伪十一团第三营第二连连长任孝先在我党我军的影响下，经常给抗联提供枪支、弹药，给养和军事情报。使这只“拦路虎”很快处于半瘫痪状态了。日本侵略者见伪十一团“讨伐”抗联不力，便把团长关文龙撤职了，换上了铁

杆汉奸刘东坡。刘东坡受宠若惊，绞尽脑汁要消灭抗联，可陈翰章就是不和他接火，全力对付日军，刘东坡便死乞白赖的与抗联纠缠。陈翰章见时机已到，遂在任孝先的配合下，安排了一个巧妙的作战计划。

1939年初秋的一天，抗联与伪军第十一团第三营第二连在烧锅屯南边的大崴子里“打”起来了。任孝先分别派人向刘东坡和日军守备队请求速派援兵，太阳落山的时候，刘东坡带着队伍来到北山脚下；日军守备队也来到山南坡，同时向山上抗联开了火。天黑以后，抗联在陈翰章的指挥下，合兵一处，居高临下，猛打一阵，便往东撤走了。可是山上的枪声却越来越激烈了。直到天亮，刘东坡才发观和日军守备队打上

描绘抗联斗争的油画

了，打死不少日本兵，知道上了抗联的当，闯下了大祸，慌忙扔下队伍只身逃跑了。不久，这个骑兵团也被遣散，搬掉了“拦路虎”，敦化和宁安的抗日游击区又连成了一片。

同年11月5日，陈翰章率队捣毁额穆县伪警察署以后，日军立即调集重兵前来“讨伐”。11月9日早晨，陈翰章指挥部队与尾追之敌在小青顶子发生激战，战斗一直进行到午后3点钟。陈翰章知道，敌强我弱，力量悬殊，再拖下去，后果不堪设想。他一面寻思对策，一面四下瞭望。突然，他发现山下芦苇塘的一角被炮火烧着了。他灵机一动，头脑中立刻形成了一个“火烧芦苇塘”的作战方案。这时，天正刮着西北风，于是他命令战士到芦苇塘西北角去放火。不多时，火借风力，风助火势，越烧越烈，整个芦苇塘变成了浓烟滚滚的火海。躲在芦苇塘里的日军被烧得焦头烂额，哇哇乱叫，抱头鼠窜。趁敌混乱之机，陈翰章又率二百多名战士冲下山去，与敌人展开白刃格斗。此役，日军死伤三十多人，四十多名伪警察当了俘虏。

1940年，日本侵略者对抗日联军进行了更加残酷的“讨伐”，抗联密营连遭破坏，为了粉碎日伪军的“讨伐”，陈翰章决定打出去，到外线作战，向拉滨铁路沿线出击，把战火引向敌人的心脏地区，8月13日，陈翰章率部抵达软化县黑石岭下的三岔口江桥。这时，敌人为了防范抗日联军，把沿江船只都集中看管起来，还在江桥两头40至50米处修了隐蔽工事。陈翰章了解这一情况后，立即亲自到江桥附近仔细察看地形?经过冷静思考，陈翰章决定将部队分成若干小组，每组4至5人，做出尖兵模样，陆续过桥。过桥后立即抢占制高点，做好战斗准备。

部队开始过桥了，第组上桥，敌人以为是尖兵，放过去了；第二组上桥，敌人又以为是尖兵，又放过去了；接着，第三组，第四组……接连过去很多人，敌人才发现上当了，马上开枪，我军随即在江桥两岸一齐开火，敌人经不住两面夹击，防线很快就崩溃了。陈翰章率领部队胜利渡过江桥，待敌人增援部队赶到时，我军早已转移了。

汪 清 县

“汪清”源于满语（女真语）本音“旺钦”，意思为“堡垒”。后又改叫大肚子川，大肚子川名称的由来因这里的小平原中间宽而得名。设县之后，由于前清时音义附会，将“钦”改作“清”，又因当时奉天 兴京（辽宁新宾）之东有一旺清边门，音义同此，再更“旺”为“汪”。故得今名。汪清县位于吉林省延边朝鲜族自治州东北部，北纬 129°51′～130°56′、东经143°06′～144°03′。南北纵长108千米，东西横距152千米，汪清县地处长白山东麓，紧靠东北亚经济贸易区。与我国开放城市绥芬河、珲春、图们相邻，面向绥芬河、长岭子、沙坨子、图们、三合、南坪、双目峰等8个口岸，距俄罗斯40千米，距朝鲜18千米。区域面积9016平方千米，是全省县级区域面积第二大县。该县辖8镇1乡，总人口25.3万人，有汉、朝、满、蒙、回等多个民族聚居，其中，汉族占64%，

拓展阅读 TUOZHAN YUEDU

朝鲜族占32%，其他少数民族占4%，属于多民族聚居的县份。汪清县自然资源丰富，尤以林业资源著称，林地面积为18.7万公顷，占全县总面积的89.4%。丰富的林业资源使汪清宛如一颗绿色明珠，镶嵌在祖国的东北边陲上。境内还有汪清、大兴沟、天桥岭三个州属森工企业及庙岭水泥厂。

东北抗联博物馆

作为中国人民抗日战争暨世界反法西斯战争胜利65周年纪念活动之一，东北抗联博物馆奠基仪式于2010年8月16日在黑龙江省哈尔滨市举行。

东北抗联博物馆将在原有黑龙江省革命博物馆的基础上进行改建和扩建，采用仿古式的欧式建筑风格。该馆于2010年底建成，与紧邻的东北烈士纪念馆形成完整的展览体系，生动、全面地展现东北抗日联军14年光辉历史。

鱼水情深

日本侵略者千方百计地企图切断抗日联军与人民群众的联系。他们用归大屯的办法孤立抗联；经常以“通匪”为罪名把无辜群众投入监狱或杀害。但是，抗日联军与人民群众的鱼水深情却怎么也切不断。一些抗日群众誓死不进大屯，移居深山，用自己的劳动果实继续支援抗日联军；被迫归进大屯的游击区群众，也时刻想着抗日联军。

缸满院尽，军民鱼水情。

儿童团在检查路条

汪清县是陈翰章部队活动的老游击区，人民群众一直和抗联保持着联系。1939年深秋，粮食一上场，龙沟村的群众就想起了陈翰章，琢磨着用什么办法把粮食送到部队。陈翰章也好象猜透了群众的心思，于一天上午，带着一支日军“讨伐队”大摇大摆地进了村。伪自卫团长听说“皇军”来了，不敢怠慢，急忙把廿几个自卫团员召集来列队迎接。陈翰章一挥手，身着日军服装的抗联战士一拥而上，迅速缴了他们的械。接着，抗联战士们便和群众一起打场，推碾子拉磨，加工米面。然后，又车拉人挑地把粮食送进山里。

1940年8月，陈翰章率队从五常向绥化进发。由于天气炎热干旱，找水非常困难，战士们渴得嗓子直冒烟，有的甚至走着走着就昏倒了。休息时，两个小战士去找水喝，碰到一块瓜地，他俩没找着人，就摘了几个瓜。陈翰章知道以后，严肃地批评他俩说："我们是人民的队伍，环境越艰苦，越要遵守群众纪律，爱护群众利益。"说完，就带着他俩找到了瓜地主人周大爷，向他赔礼道歉。陈翰章觉得战士们确实渴得厉害，就想买些瓜给战士们解渴。可是周大爷说啥也不要钱。陈翰章说：不要钱，我们不能吃。这是纪律。

在闲谈中，翰章问周大爷，这块瓜地最好年头能卖多少钱?周大爷告诉他能卖一百来块钱。陈翰章当即拿出100元钱交给周大爷，周大爷无奈，只好收下。直到这时，陈翰章才让战士们来瓜地吃瓜。这件事使周大爷深受感动，随之在当地广为流传。

陈翰章清楚地知道，要坚持长期抗战，必须赢得人民群众的支援。因此，他先后在大蒲柴河腰岔屯建立了“腰岔救国会”，在沙河沿建立了“东北抗日军中国联合会”等组织。沙河沿的“联合会”以伪警察署署长范传忠为顾问、以伪保长解永吉为会长，把当地同情抗日的一些头面人物都吸收进来了。他们每月在沙河沿东棺材脸子沟里召开一次例会，抗联均派人参加，有时陈翰章也亲自参加会议，与会者最多时达百余人。

“联合会”自1939年5月成立后，曾多次向抗联传递军事情报，运送粮食和其它物资。范传忠还经常用警备电话向各屯布置运送物资的任务，并为抗联收集情报。1940年5月，日本特务机关破获了“联合会”组织，逮捕51人。“东北抗日军，户国联合会”虽然被破坏了，但人民群众对抗日联军的支援却始终没有间断；日本特务机关只能破坏这个组织，但他们无法割断人民群众与抗日联军的鱼水深情。

拓展阅读 TUOZHAN YUEDU

《东北抗日联军统一军队建制宣言》

1936年2月10日，直接领导东北党组织工作的中共驻共产国际代表团决定，为适应反日统一战线的需要，统一全东北抗日军队的名称。2月20日，以杨靖宇、王德泰、赵尚志、周保中等和汤原游击队、海伦游击队的名义发表了《东北抗日联军统一军队建制宣言》，说明根据全国抗日运动的发展，有进一步巩固抗日军队、统一抗日行动、改革抗日军队建制的必要。于是，东北各抗日武装力量陆续改编为抗日联军的各军。从1936年初到1937年秋，东北抗日联军已建立11个军，共三万余人，开辟了东南满、吉东、北满三大游击区，在南起长白山，北抵小兴安岭、东起乌苏里江，西至辽河东岸的广大地区内，开展游击战争，同日、伪军进行大小几千次战斗，粉碎了敌人的多次“讨伐”。

东北抗日暨爱国自卫战争烈士纪念塔

坐落在黑龙江省哈尔滨市道外八区广场北侧。系市级烈士纪念建筑物保护单位。1947年初，为了悼念在东北抗日战争中牺牲的爱国志士，东北行政委员会决定筹建东北抗日暨爱国自卫战争烈士纪念塔。1947年7月7日举行了烈士塔的奠基典礼，1948年10月10日竣工，并举行了隆重的揭幕仪式和公祭大会。

烈士塔围栏占地面积4710平方米。塔高30米，花岗岩块石结构，塔身南面镌刻塔名“东北抗日暨爱国自卫战争烈士纪念塔”16个大字。塔身四周镶嵌着浮雕，东面的浮雕再现了抗联将士们同仇敌忾、奋勇杀敌的情景；西面的浮雕，表现了爱国群众共赴国难、奋不顾身为抗联和解放军将士们运送军需支援前线的情景。

纪念塔象征着为国捐躯的先烈们的丰功伟绩，标志着人民对先烈的缅怀。

壮烈殉国

1940年春，东北抗日联军进入最艰苦的时期，山上的密营几乎全部遭到破坏。形势日趋紧张，环境更加恶劣。此时，又接连传来噩耗：杨靖宇总司令在濛江壮烈殉国；第一方面军指挥曹亚范在濛江不幸遇难。陈翰章感到自己肩上的担子更重了。他忍着巨大的悲痛，号召部队坚定立场，坚决抗日到底。这时，有人劝他率部东撤。陈翰章考虑，这样做势必增加其他兄弟部队的压力。为了牵制敌人，他指挥部队继续奋战

陈翰章烈士墓

在敦化、宁安等地区。

4月的一天夜里，陈翰章率队攻打了敦化县黄泥河车站，得到一些粮食和布疋。第二天，部队转移到牛心顶子密营。敌机从空中发现了密营冒出的炊烟，马上进行狂轰滥炸，并调集日伪军包围了密营。这一仗打得非常残酷，有三十多名战士伤亡，陈翰章的腿部也负了重伤。但他忍着伤痛继续指挥部队突围。终于在天黑以后，从西北面突出重围，转移到二龙山密营。

陈翰章在密营养伤，不但没有药，连盐水也没有。军医只好用热水洗净伤口，作简单的处置。由于伤口发炎、化脓，陈翰章的腿肿得很粗。但他毫不在意，照样研究敌情，制定作战计划。为了早日返回战场，他对自己的伤，采取了一种难以忍受的治疗办法。他让军医拿来一条干净的白布，用一根小木棍把布条捅进子弹穿透的伤口里，再从另一边拉出来。军医不忍下手，他就自己咬若牙来回拉动布条，把烂肉脓血全部清理出来。军医看着他脸上的豆粒大的汗珠，眼睛湿润了。陈翰章却若无共事地说：“你以后多照顾其他伤员吧，我这点伤不算什么。”在当时的条件下，这个

陈翰章烈士墓

一九四六年八月十五日

陈翰章纪念碑揭幕典礼

土办法还真管用，他的伤口竟然渐渐愈合了。

同年10月，陈翰章和第五军第二师政治部主任陶净非部会合到一起，他们带着六十多人的队伍，转移到宁安县南湖头，决定由陶净非带领二十多名老弱病伤人员进入小沟密营，其余四十余名战士由陈翰章带领继续进行艰苦奋战。

当时，部队活动最大的困难就是没有粮食。由于敌人实行“集团部落”政策，他们只能从敌人手里夺取给养，12月3日夜，陈翰章率队袭击了宁安县黄家屯敌人的筑路工棚和高岗子农园，缴获了一批枪支、弹药，夺取大米、小米各9包：两天后，他们又袭击了北湖头敌人采伐木材的高岗作业所，缴获了一批粮食。但是抗联部队也有很大伤亡，经过几次战斗，陈翰章身边只剩下十多名战士了。他决定率队到小弯弯沟密营去休整一个时期。

12月6日夜，陈翰章带领队伍从学园出发，向小弯弯沟前进。途中一个姓张的战士趁天黑，溜进了弯沟村，叛变投敌了，供出了陈翰章及其部队的行踪。敌人如获至宝，立即调来重兵包围了小弯弯沟。

12月8日早晨，陈翰章和战友们用雪水煮点麦子吃了，刚要转移，叛徒就带着敌人摸上来了。他把十几个战士集合起来，找好掩体，与敌人展开决死战斗。这里的力量对比，不是以一当十，而是以一当百。激战持续了两个多小时，他们连续打退了敌人四五次冲锋，数十具敌尸横死在地上，但战士们也一个个倒下去了。敌人的包围圈在逐渐缩小，

“陈翰章投降吧！给你大官做！”敌少、开始喊话了。

“死也不当亡国奴！”陈翰章高声回答了敌人。

他试图带领战士们突围出去，但有几个战士被敌人围住无法脱身。他立即掩护他们撤退。他一边大骂，一边射击，又一些敌人被撂倒了。

敌人见陈翰章宁死不投降。又无法活捉，便射出了罪恶的子弹。陈翰章的右手和胸部部负伤了，扑倒

在雪地上。在血泊中，他慢慢地靠着一棵大松树坐了起来。用左手抽出另一支小手枪，准备继续战斗，这时成群的敌人扑上来了，夺下他手中的枪，陈翰章怒睁双眼大骂敌人。一个日本军官拔出短刀，凶狠地向陈翰章的眼睛刺去。他一扭头，脸被划开了一道口子。陈翰章骂得更厉害了。这个凶残的刽子手，用刀在他脸上乱扎乱砍。最后，他的双眼被惨无人道的敌人剜出去了。他的血流尽了，但他没有倒下，背靠大松树，象一尊庄严的雕象，威武不屈。

陶 净 非

原名陈明亚，今吉林省德惠市人。

1931年，就学于哈尔滨市第一中学。1932年加入中国共产主义青年团，同年转为中国共产党党员。1932年2月被派赴哈在义勇军做宣传工作。

1933年初，被派到宁安县工农义务队当战士。1935年2月，东北抗日联军第五军成立，宁安工农义务队改编为五军一师一团，在一团任二连指导员，活动在宁安。

1935年4月，二连和二师四连为东部派遣队，深入穆棱、林口、勃利等县，参加亮子河战斗。1937年冬，任东北抗日联军第五军二师政治部主任，参加西征部队的领导工作。

1939年10月间，部队转回宁安。1942年春，活动于五常县老爷岭地区。5月，被森林警察包围，为掩护同志突围，壮烈牺牲。

拓展阅读 TUOZHAN YUEDU

杨靖宇、陈翰章及汪亚臣将军遗首的寻找与安放

哈尔滨烈士陵园里有两座陵墓十分令人瞩目，长眠在其中的是我国著名的抗日民族英雄、抗联第一路军第三方面军总指挥陈翰章将军和抗联第十军军长汪亚臣将军。

1940年12月8日，陈翰章牺牲于黑龙江省宁安县的镜泊湖畔。所以在东北抗日联军的历史上都称他为“镜泊英雄”。

1940年，东北的抗日斗争进入了最艰苦的阶段。东北抗联几乎完全被围困在深山和原始森林中，缺医少穿，陈翰章率领40多名战士顶着寒风大雪偷偷下山，准备从敌人手里抢些过冬的粮食。没想到被叛徒出卖，陷入日寇的重围之中，陈翰章和战士们全体殉国。

陈翰章牺牲后，日寇将他的尸体拉到了宁

安县城，先把他的头颅割下来挂在城楼上示众，又送往新京（今长春）伪满洲国治安部大臣于芷山和日本关东军司令官梅津美治郎等人处传看后，将他的头颅与先前牺牲的杨靖宇将军的头颅一起存放于关东军司令部医务课，当作医学标本进行保存。

东北光复后，国民党军队占据了长春。1947年，中共中央东北局社会部长春地下工作组接到了上级指示，要他们注意对长春的敌伪档案以及重要的历史遗存等进行保护，严防国民党军撤退前对其进行转移和破坏。

在研究重点保护对象时，工作组负责人李野光同志提出，听说原日本关东军司令部医务课里存放着杨靖宇、陈翰章两位烈士遗首。烈士为国捐躯死得如此惨烈，应该流芳百世，地下工作组必须将寻找烈士遗首作为一项重要任务来完成。于是寻找遗首的工作开始了。

几经周折，工作组才从国民党新一军的一个医官那里探听到：日本投降后，原关东军司

拓展阅读
TUOZHAN YUEDU

令部医务课的全部器械、药品和医学标本都被长春医学院接收了。要想继续寻找，工作组必须深入到长春医学院内。

1948年夏，长春国民党军被解放军包围，医学院也因战事紧张而停课。国民党的一个骑兵旅从郊区被迫撤退到城里医学院内。这就给寻找烈士遗首工作增加了新的困难。最后，工作组研究决定，派身为医生的地下党员刘亚光同志打入国民党军卫生队。刘亚光通过亲友的介绍，当上了国民党军骑兵旅的上尉军医。

然而骑兵旅卫生队设在医学院校院外单独的一幢小楼里，刘亚光并不能够随便地在校园内活动。因此，他想尽办法多次进入校园，四处寻找烈士遗首。

最终在一次进入院内巡诊的时候，刘亚光在医学院的解剖研究室里发现了两个装着药水的大玻璃器皿，瓶子里面各浸泡着一颗人头，瓶子外面分别贴着“匪首杨靖宇”“匪首陈翰章”的字样。刘亚光激动不已，立即将这个消息报告给地下党组织。几天后，他借着用车去装药品和器械的机会，偷偷将两个装遗首的瓶子运了出去，藏在不被人注意的卫生队五官科的门斗上。在这里两位烈士的遗首被存放了近两个月。

1948年10月19日，长春解放。第二天，刘亚光和另外两位战友将装有烈士遗首的容器用车运到了长春市南京路上他自己以前开设的“亚光医院”。他的房子在战时曾遭受炮击，随时有倾倒的危险。所以，四天后，他又将遗首转送到他一个好友开设的“建华医院”里。几天后，李野光将烈士遗首送往中共松江军区前线指挥部驻长春办事处保管。两位烈士的遗首在这里又存放了两个月。

1948年12月24日，松江军区司令员兼哈尔滨市卫戍司令陈光同志由长春回哈尔滨，他派6名战士专门护送烈士遗首，随同他一起乘专列来到了哈尔滨。松江军区政治部指定由松江医校病理教员李信业代为换药和检查。检查结果

拓展阅读 TUOZHAN YUEDU

是，遗首在保存8年后，皮肤虽然已经硬化，但换药后可以长久保存。此后，两位烈士的遗首被送入刚刚建成不久的哈尔滨市烈士纪念馆敬放陈列，供后人瞻仰。

1949年4月下旬，五常县县政府和县人民法院翻修外墙，工人意外地从墙基下挖出了一个装着药水的大玻璃容器，里面泡着一颗人头。人们都吓了一跳，一边围观，一边猜测着它的来历。

当时县财政科有个科员曾在伪满五常县县公署工作，他仔细看后说："这是东北抗联第十军军长汪亚臣的头颅"，在回忆8年前即1941年冬天汪亚臣尸体被游街示众、头颅被挂在街里的那段情景时，他认出了汪亚臣的头颅。

汪亚臣将军是于1941年1月29日在黑龙江省五常县的一次突围战斗中壮烈牺牲的。将军牺牲后，日寇将他的尸体立在军车上游街示众后，又将烈士的头颅割下来挂在县大街中心楼子上"示众"数日，并将烈士的头颅装在一个浸满药水的大玻璃瓶中准备送往新京报功请赏，后因故未能成行。敌人就将烈士的遗首埋在了伪县公署大院西南角监狱的墙根下。解放后，这里成为了五常县政府和县人民法院所在地。

几十年过去了，据当事人许鸿礼回忆，汪亚臣的遗首是通过它的手送到哈尔滨的。许鸿礼现居住在哈尔滨市道里区，当时他是中共五常县委的文书。许鸿礼回忆说，发现烈士遗首的当天，他正在现场。玻璃瓶子被打碎了，药水也流了出来。五常县政府非常重视，命县医院立即更换了药水和瓶子，重新安置好了烈士头颅，并请当时在五常县的抗联老交通员李升前来确认。见到遗首后，李升老泪纵横地说道："这就是汪军长呀!"

县政府随即向当时的松江省政府汇报，省政府要求他们迅速派人将烈士遗首送到省里。第二天，许鸿礼接到县里派他把烈士遗首送到省里的任务后，异常激动。他怀揣着介绍信，坐了3个半小时的火车来到了哈尔滨。一路上，

拓展阅读 TUOZHAN YUEDU

许鸿礼将盛放烈士遗首的玻璃瓶紧紧抱在怀里，一刻也没敢松开。

松江省政府主席、原东北抗日联军老首长冯仲云亲自对汪亚臣的遗首进行了辨认。端详片刻后，他潸然泪下，确认了这就是当年的老战友汪亚臣。

随后，汪亚臣将军的遗首被送往哈尔滨东北烈士纪念馆，与杨靖宇、陈翰章烈士的遗首共同陈列，供人瞻仰。

抗联战士

抗联战士

中华魂·百部爱国故事丛书
提 要

《誓与禁烟相始终——民族英雄林则徐》

林则徐严禁鸦片，坚决抵抗西方列强的侵略，坚持维护国家主权和民族利益。他是中国近代历史上第一位睁眼看世界的人，是抗击帝国主义殖民侵略的第一人，是中华民族抵御外侮过程中伟大的民族英雄。

《血洒虎门御敌寇——抗英将军关天培》

民族英雄关天培，在第一次鸦片战争中为了抗击英国侵略者的入侵而血洒虎门，为国捐躯，谱写了一曲可歌可泣的英雄赞歌。关天培用他的生命，书写了中国人民反抗外侮的历史。

《威震镇海靖节魂——抗敌英雄裕谦》

在第一次鸦片战争期间的众多牺牲者中，有一位官阶最高，他就是两江总督裕谦。裕谦与外国侵略者斗争立场坚定，与国内妥协派、投降派斗争态度坚决。裕谦督战镇海，与英国侵略军浴血奋战，临危不惧，以身报国，浩气长存。

《斩邪留正解民悬——太平天国领袖洪秀全》

农民出身的洪秀全，从失意文人到起义领袖，经历了长期的思想演变过程，在外敌入侵、清朝政府腐朽的历史环境之下，顺应时代的潮流，成长为一位非凡的历史英雄人物，建立了与清朝政府相抗衡的农民政权——太平天国。

《仰承汉唐　荟萃中外——近代数学家李善兰》

李善兰是我国19世纪重要的科学家之一，在数学、天文学、力学等方面都有重大建树。他继承了我国古代数学的成就，又以极大的热情传播西方科学文化，“仰承汉唐，荟萃中外”，把自己的一生献给了科学事业。

《严谨治学　勇于探索——近代著名数学家华蘅芳》

华蘅芳，中国近代数学家之一。其精通中国古算学，并熟练掌握西方近代数学，是中国验证抛物线并著书立说的参与者。为了证明“外国有的，中国也能造”而鞠躬尽瘁，在引进西方科学技术、传播科学知识上贡献卓著。

《折冲樽俎护山河——近代著名外交家曾纪泽》

曾纪泽是中国近代史上著名的爱国外交家，在中俄伊犁交涉事件中，他秉承抵抗列强、保卫国家的坚定意志，利用外交手段全力同沙俄抗争，捍卫了国家主权、民族尊严，收回了祖国的领土，在近代中国外交史上留下了光辉的一页。

《甲午海战留英名——民族英雄邓世昌》

邓世昌，北洋水师名将。本书以邓世昌的成长过程为线索，以代表性的历史故事为主要内容，还原真实的历史事件，突出鲜明的人物性格。邓世昌因在中日甲午海战中突出的英雄气概而名垂史册，书写了伟大的爱国主义篇章。

《誓与舰队共存亡——北洋水师提督丁汝昌》

丁汝昌处在清朝政府的腐朽和李鸿章的专断下，难以施展爱国的抱负，壮志未酬，愤恨而终。但丁汝昌为建立近代海军作出的巨大贡献，带领北洋舰队爱国官兵勇抗强敌的英雄事迹，将永远为后代所传颂。

《镇南关上凯歌扬——抗法老英雄冯子材》

1885年中法战争中，年逾古稀的冯子材为抵御外国侵略，勇赴国难，大败法军于镇南关，并乘胜追击，接连收复文渊、谅山等地，从根本上扭转了中法战争的局面，成为近代民族英雄的杰出代表。

《屡败法军逞英豪——黑旗军将领刘永福》

刘永福是黑旗军的创建者，是农民出身的杰出军事家、政治活动家。在19世纪发生的援越抗法、中法战争中，他率部与帝国主义侵略者进行了殊死的战斗，建立了卓越的功勋，成为我国近代史上著名的民族英雄，为后世所景仰。

《矢志变法强国家——戊戌变法领袖康有为》

康有为是清末民初最有影响力的思想家之一。他领导了中国知识界的启蒙运动，掀起了一场自上而下的政体改革。他最早在中国提出了立宪政体和具体的宪政方案，主张在坚持儒家传统和帝制的前提下，学习西方经验，他的进步思想对近代中国具有深远的影响。

《开民智以报国　普新知而图强——戊戌变法思想家梁启超》

梁启超，中国近代史上著名的政治活动家、启蒙思想家、史学家、文学家，戊戌变法领袖之一。本书以百日维新思想家梁启超的成长过程为线索，以代表性的历史故事为主要内容，还原真实的历史事件，突出鲜明的人物性格。

《我自横刀向天笑——维新志士谭嗣同》

谭嗣同在民族危机的严重时刻，投身改革救中国的洪流。为了带给祖国一个光明的未来，紧要关头，他挺身而出，用自己的鲜血激励后人，把宝贵的生命献给了变法事业。

《睡乡敢遣警世钟——用生命警策国人的陈天华》

陈天华是民主革命的活动家和宣传家。他写的《猛回头》《警世钟》等书，起到了革命启蒙的重大作用。为了激发留日学生的爱国情怀，他不惜投海自杀，演出了近代史上感人至深的一幕，给后人留下了难忘的印象。

《革命军中马前卒——民主斗士邹容》

革命乃“至尊极高，独一无二，伟大绝伦之一目的”；它是“天演之公例，世界之公理，顺乎天而应乎人”的伟大行动。因此，必须“仗义群兴革命军”。他激情高呼：“革命独子万岁！中华共和国万岁！”这就是《革命军》的作者，中国近代著名资产阶级革命宣传家邹容。

《休言女子非英物——鉴湖女侠秋瑾》

为民族解放和妇女解放而英勇斗争的秋瑾，冲破封建礼教的思想牢笼，打碎封建精神枷锁，崇仰真理，追求光明，主张共和，坚持男女平等，最终献出了自己年轻的生命。

《血溅校场　杀身成仁——民主斗士徐锡麟》

本书讲述了反清志士徐锡麟弃文从武、投身反清革命事业，最终被清政府杀害的故事。出于对国家的热爱，徐锡麟献出自己的生命，他的事迹将永远激励后人深切缅怀这位民主革命的先驱。

《生可死耳　我志长存——献身民主的禹之谟》

禹之谟，民主革命党人，同盟会会员，近代资产阶级革命家、实业家。1886年，20岁的禹之谟“提三尺剑，挟一卷书”游历四方，研究西方社会政治学说，忧国忧民之心日趋强烈。戊戌变法失败，他丢掉改良幻想，倡革命救亡之说，走上民主革命道路。

《物竞天择　适者生存——资产阶级启蒙思想家严复》

严复是中国近代著名的启蒙思想家、翻译家和教育家。他长期从事教育和翻译事业，为近代中国人才培养和思想启蒙做出了重要贡献，同时他也为中国的翻译事业和中西思想文化交流做出了重要贡献。

《辛亥革命急先锋——资产阶级革命家黄兴》

黄兴，清末民初资产阶级革命家，中华民国开国元勋。黄兴在武昌首义及辛亥革命时期的爱国表现，与孙中山闻名于当时，常被时人以“孙黄”并称。本书以资产阶级革命活动实干家黄兴的成长过程为线索，歌颂了先辈伟大的爱国主义精神。

《矢志革命　百折不回——近代民主革命家廖仲恺》

廖仲恺追随孙中山踏上了创立民国与捍卫共和制的旧民主主义革命

之路；在新民主主义革命时期，他为建立、巩固首次国共合作和实施三大政策，英勇奋斗，为国殉职，洒尽了一腔热血。

《将军拔剑南天起——护国英雄蔡锷》

蔡锷是中国近代史上的杰出军事家、爱国者。他的一生短暂而伟大。辛亥革命爆发，他毅然投身于革命洪流之中，领导云南重九起义，对武昌起义积极响应。袁世凯窃国复辟、恢复帝制的阴谋暴露出来以后，他又毅然举起了武装讨袁的旗帜。

《反帝反封建运动——五四青年的爱国故事》

五四运动是一次伟大的反帝反封建的爱国运动；是一个伟大的历史转折点；是中国人民的斗争从挫折走向胜利的一个关节点，它为中国的前进开辟了一条全新的道路，拉开了中国新民主主义革命的序幕。

《思想自由　兼容并包——著名教育家蔡元培》

蔡元培是中国近现代著名的民主革命家和教育家，一生经历风雨，却始终信守爱国和民主的政治理念，致力于废除封建主义的教育制度，奠定了我国新式教育制度的基础，为我国教育、文化、科学事业的发展做出了富有开创性的贡献。

《为国家争光　为民族争气——中国铁路之父詹天佑》

詹天佑是我国最早的杰出铁道工程师，因主持建造京张铁路而闻名中外，被誉为“中国铁路之父”。他为祖国的铁路事业贡献了毕生的精力。本书向读者展示了詹天佑热爱祖国、科技兴国的辉煌人生。

《实业救国　衣被天下——轻工之父张謇》

张謇是爱国实业家、教育家。他年轻时中过状元。过了40岁，开始投身工商实业活动中，他的名言是“富民强国之本在于工”。在南通，创办大生丝厂、银行等各种实业。并将创办实业的大部分所得投入教育。他的观点是，教育和实业一样，也是“富强之大本”。

《心向革命　追求光明——平民将军冯玉祥》

冯玉祥将军“是一位从旧军人转变而成的坚定的民主主义战士”。

抗日战争期间，他辗转各地，用实际行动积极抗战。日本战败投降后，他为了断绝美国的援蒋内战，又在美国四处演说，揭露蒋介石统治之黑暗，痛斥美国阴谋分裂中国的不良行为。

《刑场上的婚礼——革命烈士周文雍　陈铁军》

周文雍是广州起义的主要领导人之一。陈铁军出身于华侨商人家庭，却毅然投身革命洪流。1928年1月，两人接受派遣，回到广州假扮夫妻从事革命斗争，却不幸被捕。临刑前，两位烈士将敌人的枪声当作自己婚礼的礼炮，用生命和爱情谱写出一曲千古绝唱。

《星星之火　可以燎原——井冈山斗争的故事》

1927—1929年，毛泽东、朱德等老一辈革命家，在井冈山创建了农村革命根据地，进行了艰苦卓绝的斗争，建立了新型革命武装，点燃了工农武装革命之火，找到了农村包围城市最后夺取政权的中国革命的正确道路。

《新民学会的主要发起人——中国共产党早期革命家蔡和森》

蔡和森青年时期曾与毛泽东等人一起组织进步团体新民学会，参加五四运动，并在赴法国勤工俭学时研读大量马克思主义著作，回国后以满腔热忱投身革命事业，成为中国共产党早期重要的理论家和宣传家。

《威震黄浦江畔　高奏抗日壮歌——一·二八淞沪抗战》

面对日本侵略者的挑衅，十九路军在蒋光鼐、蔡廷锴的带领下，高举义旗，奋力一搏。一·二八淞沪抗战，是中国军人捍卫军人荣誉和祖国尊严所发出的吼声，谱写了一曲抗击日军侵略的英雄壮歌。

《将军恨不抗日死——慷慨就义的吉鸿昌》

在国难深重的20世纪30年代，吉鸿昌将军因拒绝执行国民党指示，坚决不打内战，被迫携眷出国“考察”。回国后，他加入中国共产党，组织了民众抗日同盟军，英勇打击日本侵略者，后于1934年11月被国民党反动派杀害。

《献身革命　甘于清贫——梅岭忠魂方志敏》

大革命失败后，方志敏凭着“两条半步枪”起家，身经百战，创建了赣东北革命根据地和红十军。本书真实记录了方志敏投身于革命、领导红军和敌人进行艰苦卓绝斗争的经历，歌颂了烈士贫贱不移、威武不屈、献身革命的高尚品质。

《奏响中华最强音——人民音乐家聂耳》

聂耳在他有限的生命中创作了数十首革命歌曲，在抗日救亡运动中，聂耳的这些歌曲产生了广泛深远的影响。他的音乐创作为中国无产阶级革命音乐的发展指明了方向，树立了榜样。

《横眉冷对千夫指——中国文化革命主将鲁迅》

鲁迅不但是伟大的文学家，而且是伟大的思想家和伟大的革命家。在那风雨如晦的黑暗年代里，他以笔为投枪，同一切帝国主义和反动派进行了顽强的战斗，为中国人民树立了一个不朽的丰碑。他是新文化战线上的一面光辉旗帜，是我们伟大民族的灵魂。

《铁流两万五千里——红军长征的故事》

红军长征是人类历史上的一次伟大的壮举。第五次反“围剿”失败后，中国工农红军的三大主力在极端艰难的条件下，突破国民党军队的围追堵截，进行了史无前例的战略大转移，总行程达两万五千里以上。途中发生了许多动人故事，至今令人难以忘怀。

《荣辱不移革命志——创建陕北红军的刘志丹》

刘志丹是杰出的无产阶级革命家、军事家，西北红军和西北革命根据地的主要创始人之一。他一生热爱人民，追求真理，英勇善战，百折不挠，艰苦奋斗，忠心赤胆，为创建红军和革命根据地、为中国人民的解放事业建立了不可磨灭的功勋。

《英名永存北平城——爱国将领佟麟阁　赵登禹》

1937年7月28日，日军向北平郊区发动进攻。第二十九军副军长佟麟阁奉命在南苑率部与日军苦战，腿部受伤，头部被敌机炸伤，壮烈殉国。第一三二师师长赵登禹指挥部队顽强抵抗日军，右臂中弹负伤，仍继续作战。后在转移途中遭日军截击而牺牲。

《八百壮士　四行仓库铸军魂——谢晋元和他的战友们》

八一三抗战，中国军人以血肉之躯揭开全面抗战的帷幕。这是一场血战，是中国军人不屈不挠的英雄诗篇，其中的八百壮士守四行，成为这首英雄颂歌中最动人、最凄美的音符。一曲四行保卫战，铸就了不屈的军魂。

《八女投江　气贯长虹——八位抗联女战士》

抗日战争时期，以冷云为首的东北抗日联军8名女战士，为捍卫民族尊严，面对凶残的日寇，镇定自若，宁死不屈，投江殉国，表现了中华民族同敌人血战到底的英雄气概。她们的光辉形象，激励着千千万万的后来人。

《艰苦抗战　威震敌胆——著名抗日英雄杨靖宇》

杨靖宇将军是我国著名的抗日民族英雄。曾先后担任磐石游击队政治委员、东北抗日联军第一军军长兼政委、抗日联军总司令等职。领导军民对日寇坚持了长达9个年头的艰苦卓绝的斗争，最终以身殉国。

《死也不当亡国奴——镜泊抗日英雄陈翰章》

陈翰章，从1932年8月投笔从戎，直到1940年12月8日为抗击日本侵略者，战死在镜泊湖畔。他在抗日疆场上奋战了九年，他那可歌可泣的英雄事迹将为人们永世传颂。

《名将殉国　气壮山河——抗日将军张自忠》

著名抗日将领、民族英雄张自忠，生于忧患的时代，抱有“宁为百夫长，胜作一书生”的志向，经历过失败与低谷，最终成就了慷慨人生。本书主要以人物活动为主，勾画出一个真正的“民族魂”鲜活的人生，会带给读者振奋的力量。

《宁死不辱战士名——狼牙山五壮士》

1941年日寇在河北易县“扫荡”。为掩护群众和主力部队撤退，五位八路军战士毅然把敌人引上了狼牙山棋盘坨峰顶绝路。弹尽粮绝、无路可退，五位英雄纵身跳下了万丈悬崖，用生命和鲜血谱写出一曲惊天地泣鬼神的壮举。

《太行浩气传千古——抗日名将左权》

左权，中国工农红军和八路军高级指挥员，著名军事家。是八路军在抗日战场上牺牲的最高指挥员。名将阵亡，太行山为之垂首，全党为之悲痛。周恩来称他“足以为党之模范”，朱德赞誉他是“中国军事界不可多得的人才”。

《虎将兴关外　抗倭统雄师——抗联英雄赵尚志》

本书描写了久经考验的共产党员、东北抗联的创建者和主要领导人赵尚志，在艰苦卓绝的条件下，坚持抗战，威震敌胆，战功卓著，忍辱负重，忠贞不屈，为国捐躯的英雄故事，为青少年读者呈上一部爱国主义的佳作。

《黄埔之英　民族之雄——抗日名将戴安澜》

抗日名将戴安澜，先后参加保定、漕河、台儿庄、武汉、昆仑关等战役，作战英勇，屡建奇功；入缅作战，“扬威国外，藉伸正义”；守东瓜，复棠吉；殒身缅北，遗恨丛林，马革裹尸，成就了光辉的一生。

《爱国志士　民主先锋——新闻出版家邹韬奋》

本书讲述了邹韬奋献身新闻出版事业的奋斗历程，展现了一位新闻工作者坚定的革命信念和炽热的爱国主义精神，全心全意为人民服务、为读者服务的奉献精神，歌颂了他的高尚情操和优良品质。

《为抗战发出怒吼——人民音乐家冼星海》

人民音乐家冼星海，青年时期在巴黎求学，饱尝屈辱与磨难；学成后毅然回到多灾多难的祖国，用满腔热忱谱写激昂的音乐，鼓舞中华儿女的斗志；奔赴延安，谱写出不朽的名作《黄河大合唱》，发出中华民族抗日救亡的怒吼。

《全民皆兵　抗击日寇——抗日战争的故事》

中国人民进行的十四年抗战，是一百多年来中国人民反对外敌入侵第一次取得完全胜利的民族解放战争。这场战争是以国共两党合作为基础，有社会各界、各族人民、各民主党派、抗日团体、社会各阶层爱国人士和海外侨胞广泛参加的全民族抗战。

《捧着一颗心来　不带半根草去——人民教育家陶行知》

陶行知是我国现代教育史上伟大的人民教育家、教育思想家。他从青年起就立志献身教育事业，以“捧着一颗心来，不带半根草去”的赤子之心，为人民的教育事业鞠躬尽瘁。

《为民主与和平拍案而起——民主斗士闻一多》

闻一多早年与梁实秋等人发起成立清华文学社。赴美留学期间由对祖国的深深眷恋而创作著名的《七子之歌》。后在西南联大任教8年，积极投身于抗日运动和争取民主的斗争，发表了著名的《最后一次讲演》。

《铁窗难锁钢铁心——革命先烈王若飞》

王若飞是我党早期杰出的无产阶级革命家。在艰苦卓绝的斗争中，他出生入死，屡建奇功，以超人的睿智和胆略，在敌人的监狱中，同敌人展开了殊死的较量，为抗战的胜利和新中国的诞生做出了卓越的贡献。

《横扫千军　还我河山——抗联名将李兆麟》

李兆麟是东北抗日联军创建人之一，他率领抗日联军历尽千难万险与日本侵略者浴血奋战，在极其艰苦的条件下，保存了抗日联军的有生力量，为东北光复做出了重大贡献。

《锄头开出新天地——解放区大生产运动》

为了解决困难，渡过难关，党中央号召党政军民齐动手，开展大生产运动。中国共产党在其控制区域内发动的一场军队屯田和鼓励生产的群众运动，达到了自己动手丰衣足食，共度难关，既进行革命又进行生产自足的目的。

《生的伟大 死的光荣——女英雄刘胡兰》

刘胡兰，坚贞不屈的少年女英雄。生前对我国劳动人民的解放事业无限忠诚，在敌人威胁面前，大义凛然，毫无惧色，英勇牺牲，表现了共产党员的高贵品质。

《饿死不领美国救济粮——爱国知识分子的楷模朱自清》

朱自清作为爱国知识分子的典型，以锐利的笔锋直言痛斥反动政府的暴行，体现了他崇高的爱国情怀和不畏恶势力的精神品格。毛泽东曾给朱自清先生以高度评价："一身重病，宁可饿死，不领美国的'救济粮'"，"表现了我们民族的英雄气概"。

《为了新中国前进——舍身炸碉堡的董存瑞》

伟大的英雄，中国人民的儿子董存瑞，从儿童团长成长为一名光荣的解放军战士，在1948年解放隆化县城时，舍身炸碉堡，为新中国献出了自己年轻的生命。他的英雄形象永远留在人民心里。

《宁死不屈的共产党员——革命烈士江竹筠》

江竹筠，就是著名的江姐。1947年春，她负责《挺进报》工作，只几个月的时间，报纸就发行到1600多份，引起了敌人的极大恐慌。由于叛徒出卖，江姐不幸被捕，惨遭毒刑的残酷折磨，仍坚贞不屈。最后被特务秘密枪杀，年仅29岁。

《抗美援朝 保家卫国——志愿军的战斗故事》

抗美援朝战争是中国人民志愿军为援助朝鲜人民、保卫祖国安全，与美国为首的"联合国军"发生的战争。在朝鲜牺牲的志愿军烈士们，他们英勇的战斗事迹、保家卫国的精神值得我们发扬光大。

《上甘岭上壮烈歌——黄继光和他的战友们》

在1952年10月的上甘岭战役中，黄继光和他的战友们在零号阵地半山腰被敌机枪火力点压制，此时，黄继光身上已经多处负伤，手雷也已全部用光。为了完成任务，减少战友的伤亡，他用自己的胸膛堵住正在扫射的敌机枪射孔，为反击部队扫清了前进的道路。

《诗书印画　全入神品——国画大师齐白石》

齐白石出身贫寒，做过农活，当过木匠，后改学雕花木工，从民间画工入手，摹古人真迹，学诗文书法，融汇古今，而诗、书、印、画俱佳；他将中国画的精神与时代的精神统一得完美无瑕，使中国画得到国际的重视，无愧于“国画大师”的称号。

《毕生为文化而奋斗——中国第一出版家张元济》

张元济参与、主持和督导商务印书馆近六十年，使其从简单的印刷企业转变为当时中国教育出版的旗帜。张元济一生爱书，在中华大地动荡不安的年代里，他用自己对文化的热爱，续存着中华民族灿烂悠久的文明之光。

《独树一帜　梨园大师——著名京剧表演艺术家梅兰芳》

梅兰芳，京剧大师，演唱风格独树一帜，世称“梅派”。曾先后赴日本、美国、苏联演出，并荣获美国波摩那学院和南加州大学的荣誉文学博士学位。作为一位爱国者，抗战期间蓄须明志，拒绝为日本人演出，为后世称颂。

《华侨旗帜　民族光辉——爱国侨领陈嘉庚》

陈嘉庚是著名的爱国华侨领袖、企业家、教育家、慈善家、社会活动家。他为辛亥革命、民族教育、抗日战争、解放战争、新中国的建设做出了卓越的贡献。生前被毛泽东誉为“华侨旗帜、民族光辉”。

《向雷锋同志学习——伟大的共产主义战士雷锋》

雷锋，一个平凡而伟大的共产主义战士，一心向着党，一生秉承着全心全意为人民服务、无私奉献的崇高思想；发扬刻苦学习和钻研理论的“钉子”精神；坚持勤俭节约、艰苦奋斗的优良作风。毛泽东为其题词：“向雷锋同志学习。”

《人民的好公仆——县委书记的好榜样焦裕禄》

焦裕禄，被誉为县委书记的好榜样。他用自己的革命精神，展开了与大自然、与社会落后现象、与病魔的多重抗争，让我们领略到一个共产党人的生之伟大、死之壮美的人格品质和具有现实教育意义的精神魅力。

《文学巨匠　京味大师——人民作家老舍》

老舍是我国现代小说家、文学家、戏剧家。他用融入骨髓的真诚文字反映生活的喜怒哀乐。老舍的一生，总是在忘我地工作，他是文艺界当之无愧的“劳动模范”，生前被北京市人民政府授予“人民艺术家”的称号。

《革命老人——无产阶级教育家徐特立》

徐特立是一代伟人毛泽东的老师。他出生在贫苦家庭，大部分时间生活在动荡艰苦的年代；他刻苦勤奋，不畏艰辛，追求光明，一生勤俭，为革命培养了大量的人才；他对党和人民任劳任怨，鞠躬尽瘁。他坎坷奋斗的一生，留下了许多可歌可泣的故事。

《人生能有几回搏——新中国第一个世界冠军容国团》

容国团先后担任中国乒乓球队运动员、女队主教练。获得1959年男子单打世界冠军；1961年夺得男子团体世界冠军；作为中国女队主教练，1965年率女队第一次夺得女子团体世界冠军。他的“人生能有几回搏”的豪言，举国传诵。

《石油工人一声吼　地球也要抖三抖——铁人王进喜》

王进喜，新中国第一批石油钻探工人。他为祖国石油工业的发展和社会主义建设立下了不朽的功勋，在创造了巨大物质财富的同时，还给我们留下了宝贵的精神财富——铁人精神。他被评为“百年中国十大人物”，写入中华民族的光辉史册。

《做人民需要我做的事——著名地质学家李四光》

李四光是一位伟大的科学家，他一生从事地质学研究工作，足迹遍布祖国的山川，为祖国探明了许多地下宝藏；他创建了崭新的学说——地质力学；他历尽重重困难，为正确认识地质构造开辟了一条新路。

《中国化学工业的先驱——著名化学家侯德榜》

为摆脱纯碱需要进口的窘况，20世纪初，怀着“实业救国”梦想的中国化工先驱侯德榜等人创办了永利碱厂，并立志生产出中国人自己的碱。1926年，永利碱厂终于成功地生产出“红三角”牌纯碱，从此中国制碱业得以跨入世界先进行列。

《毕生求是　一丝不苟——著名科学家竺可桢》

著名科学家竺可桢献身科学研究；治学严谨，一丝不苟；一生廉洁，两袖清风；作风民主，爱护学生。他以爱国之心、报国之志，从一个民主主义者逐渐成长为一个共产主义战士。

《热爱自然的大地之子——著名植物学家蔡希陶》

蔡希陶，五十载风雨，五十载坎坷，五十载奋斗，五十载开拓，为了发现对人类生产、生活有用的植物及新物种的引进而做出巨大贡献，在中国的植物资源学史上将永远镌刻着他的名字。

《高洁无私的襟怀——知识分子的楷模蒋筑英》

蒋筑英是中国当代知识分子的先锋典范，他不为名，不为利，尊重科学；他以坚忍的毅力和顽强的作风，在科学的道路上呕心沥血，鞠躬尽瘁，无私地奉献了青春和生命。

《迎接新生命的天使——卓越的妇产科专家林巧稚》

林巧稚是国内外享有盛誉的妇产科专家。在五十多年的医学教育和临床实践中，林巧稚亲自接生了五万多婴儿，治愈了数千病人，培养了数以百计的专门人才，为我国的妇女儿童事业做出了不可磨灭的贡献。

《独自成千古　悠然寄一丘——国画大师张大千》

张大千是20世纪中国画坛最具传奇色彩的国画大师，无论是绘画、书法、篆刻、诗词无所不通。在艺术界深得敬仰和追捧，艺术家们用真挚的感情，用绘画和雕塑展现了“张大千”多彩的艺术形象。

《建造中国的通天塔——著名数学家华罗庚》

中国当代著名数学家华罗庚，为中国数学的发展做出了无与伦比的贡献，他是中国解析数论、典型群、矩阵几何等多方面研究的创始人与开拓者，也是我国最早将数学理论研究与生产实践紧密结合的科学家。

《问鼎长天　强我国威——两弹元勋邓稼先》

邓稼先是我国著名科学家，参加组织和领导我国核武器的研究、设计工作，从对原子弹、氢弹原理的突破和试验成功及其武器化，到新的核武器的重大原理突破和研制试验，作出了重大贡献。是我国核武器理论研究工作的奠基者之一，被誉为“两弹元勋”。

《敢叫天堑变通途——桥梁专家茅以升》

中国著名的桥梁专家茅以升从小立志为祖国建造桥梁，经过不懈努力，他不仅设计建造了一座座宏伟壮观、坚固实用的道路桥梁，而且搭建了一座座友谊之桥，为祖国建设作出了卓越贡献。

《蘑菇云之梦——核物理学家钱三强》

被誉为“中国原子弹之父”的核物理学家钱三强，更名后立志于科技报国；24岁投师于世界著名核物理学家居里夫妇；与夫人何泽慧合作，发现铀的“三分裂”“四分裂”现象；统领我国的原子大军，做了大量创造性工作。

《两离桑梓地　满怀雪域情——领导干部的楷模孔繁森》

孔繁森，是一位一尘不染、两袖清风的好干部。两次进藏工作，历时十载，为西藏的建设、发展和稳定作出了突出的贡献。1994年11月，孔繁森不幸以身殉职。人民群众称他为新时期领导干部的楷模。

《摘取数学皇冠上的明珠——著名数学家陈景润》

陈景润是享誉世界的数学家，为了证明“哥德巴赫猜想”，他以惊人的毅力在数学领域里艰苦跋涉，终于攻克了世界著名数学难题“哥德巴赫猜想”中的“1+2”，创造了中国乃至世界数学史上的辉煌。

《学术独步　饮誉四海——享有国际威望的科学家卢嘉锡》

卢嘉锡是一位在国际科学界享有崇高威望的物理化学家、化学教育家和科技组织领导者。1945年，卢嘉锡满怀“科学救国”的热忱回到祖国，对中国原子簇化学的发展起了重要推动作用，他所指导的新技术晶体材料科学研究，也取得了重大成绩。

《德艺双馨　梨园楷模——著名豫剧表演艺术家常香玉》

常香玉1941年赴陕甘演出。1948年在西安创办香玉剧社。1951年为支援抗美援朝，率剧社巡回西北、中南、华南各地演出，以演出收入捐献“香玉剧社号”战斗机一架，素有“爱国艺人”之誉。

《文学大师　激流勇进——著名作家巴金》

本书以巴金生平和主要事迹为线索，回顾和展示现代著名作家巴金的一生，以期让人们看到巴金在这风云变幻的100多年中，有过成功的欢欣，有过屈辱的磨难，有过痛苦的忏悔，有过平静的安宁。巴金的人生，映照着一代中国五四知识分子坎坷而不平凡的命运。

《壮心系科学　孜孜为国昌——理论化学家唐敖庆》

本书讲述了唐敖庆从出国求学、学业有成、回国任教，到服从安排、艰苦工作、刻苦钻研，最终成为中国量子化学奠基者的过程。让人们看到了这位著名化学家的赤心爱国、严谨治学、大公无私的崇高品格和科研上的卓越成就。

《中国导弹之父——著名科学家钱学森》

当第一颗原子弹升空的时候，当中国的人造卫星奏响《东方红》的时候，当中国运载火箭腾空而起的时候，当中国研制的导弹准确命中目标的时候，人们都会想起他的名字：中国导弹之父钱学森。

《中国近代力学的奠基人——著名科学家钱伟长》

钱伟长曾以中文和历史两个100分的成绩考入清华大学。九一八事变后，钱伟长毅然放弃了文科的学习而转为理科。他是中国近代力学、应用数学的奠基人之一，在固体力学、流体力学以及航空航天领域，取得了卓越的成就，为新中国的现代化建设付出了毕生的精力。

《中国光学科学的奠基人——著名科学家王大珩》

王大珩是我国著名的科学家，中国光学科学的奠基人。他先在清华就读，后赴英国求学，学业有成，立志科学救国，其成就享誉神州。他以科学的求是精神和赤诚的爱国情怀，探索着中国光学发展的闪光之路。